이렇게 살다
죽고 싶진 않아

박상호
에세이

이렇게 살다
죽고 싶진 않아

행복우물

Prologue

대학 시절 흔히들 말하는 스펙을 부지런히 쌓아서 취업을 하긴 했는데, 그렇게 행복하지는 않았습니다. 그렇게 간절히 원했던 취업에 성공을 했는데, 무언가 공허한 마음이었고, 삶이 무색하게 느껴졌습니다.

가만히 생각 해보니 고등학생 때까지는 조금이라도 좋은 대학을 들어가기 위해 아등바등 살았고, 대학생 때는 대기업 취업이라는 목표가 있었는데, 그 이후 삶의 방향에 대해서는 생각을 해본 적이 없었습니다.

아마도 그래서 삶이 허무하고, 삶의 의미가 흐려진 것 같았습니다. 내가 진정으로 좋아하는 것이 무엇이고, 무엇을 잘하는지, 어떻게 살아가야 하는지에 대해 생각해 볼 여유가 없었던 것이었죠. 그러다 보니 무기력해진 제 자신을 자책하게 되었습니다.

절망에 빠져 나 혼자만 힘들다는 생각을 하게 되었고, 그 괴로움은 긴 시간 저를 힘들게 만들었습니다. 누군가 저에게 인생의 방향을 알려주었으면 좋겠다는 생각이 강하게 들었습니다.

"지금 인생이 공허하고 삶이 재밌지 않다면, 아직 펼쳐 보지 않은 날갯짓을 한번 해보는 것이 어때?"라고 말해 줄 수 있는 누군가가 나타났으면 좋겠다는 간절한 소망이 있었습니다.

저의 간절한 소망이 통했는지 그 해답을 알려줄 귀인이 나타났습니다. 바로 책이었습니다. 책 속에 답이 있었는데 그동안 그것을 모르고 지냈던 것이죠.

그렇게 저는 책에서 조금씩 인생의 실마리를 풀어 나갈 수 있었습니다. 책이 주는 따뜻함과 위로, 용기와 희망을 알게 되어 인생의 방향성을 설정할 수 있었고 마침내 행복의 의미를 알게 되었습니다.

저는 거창한 무언가가 아닌 사소한 것에서 행복과 재미를 찾을 수 있다는 메시지를 전달하고 싶었습니다. 이 책은 일상에서의 행복과 재미를 찾아가는 과정을 그렸습니다. 행복은 내가 찾아야 하는 것입니다.

여러분께 작은 부탁이 있습니다.
이 책을 천천히 읽어 주셨으면 좋겠습니다.

여러분과 함께하는 시간이 조금이나마 길었으면 합니다.

제 부족한 글이 조금이나마 도움이 되길 바랍니다.

2024년 황금빛 가을하늘 아래서
박상호 올림

목차

Prologue

PART 1

구름 너머엔 언제나 하늘이 있다

PART 2

흐르는 강물 속에서 피어나는 나

PART 1.

구름 너머엔

언제나 하늘이 있다

그가 부러웠다

좋은 대학을 가면 행복할 줄 알았다. 좋은 회사에 취직하면 행복해질 것이라 생각했다. 죽어라 공부해서 흔히 말하는 일류대학에 합격했고, 좋은 회사에 취직하기 위해 부지런히 스펙을 쌓아 엄청난 경쟁률을 뚫고 원하던 회사에 들어갔다.

행복하냐고?

아니. 전혀 그렇지 않다. 동기들보다 좋은 성과를 내기 위해, 상사에게 인정받기 위해, 매달 월급날만 기다리며 아등바등하는 내 모습이 처량하다. 반복되는 일상에 행복을 잃은 지 오래다.

어떻게 살아야 잘 사는 것일까? 원래 인생이 이렇게 재미 없는 것인가? 다른 사람들도 그저 그렇게 살아가고 있는 걸까? 누군가 속 시원한 해답을 주었으면 좋겠다는 생각을 하고 있는데 누군가 말을 걸어 왔다.

"안녕하세요. 실례지만 옆자리에 좀 앉아도 되겠습니까?"

화들짝 놀라 고개를 돌리니 20대 후반으로 보이는 남자가 서 있었다. 키는 나와 비슷해 보였고, 훤칠한 외모와 품격 있는 말투, 깔끔한 수트에 붉은색 넥타이가 인상적이었다.

"네. 앉으세요."

"무슨 생각을 그렇게 골똘히 하고 계세요? 저의 인기척도 못 느낄 만큼요."

"네…… 뭐 이것저것요."

"한번 말씀해 보세요. 제가 도움이 될 수도 있잖아요."

처음 보는 사람에게 이런 고민을 말한다는 건 말도 안 되지만, 그의 호감 가는 외모와 젠틀한 말투에 왠지 모르게 끌렸다.

"조금 우스꽝스럽게 들릴지 모르겠지만, 인생을 어떻게 살아야 할지에 대해 고민하고 있었어요."

나는 조심스럽게 그에게 고민을 털어 놓았다.

"인생을 어떻게 살아야 할지라…… 이거 생각보다 이야기가 길어지겠는데요. 혹시 괜찮으시면 저희 집에서 차 한 잔하면서 찬찬히 이야기해 보는 게 어떨까요?"

처음 만난 낯선 사람을 따라간다는 건 말이 안 되지만 어쩌면 이 남자가 좋은 조언을 해줄지도 모른다는 생각이 들어 나는 무언가에 홀린 사람처럼 그를 따라갔다.

그가 사는 곳은 공원 근처의 3층짜리 전원주택이었다. 딱 봐도 고급스러운 집이다. 전용 주차장에는 외제 차가 주차 되어 있고, 정원에는 따스한 햇볕이 잔잔히 스며들고 있었고, 잔디도 잘 정돈되어 있었다. 내가 어린 시절부터 줄곧 꿈꿔왔던 그런 집이었다.

'젊은 나이에 좋은 집에서 사네. 부모를 잘 만났나?'

그에 대해 궁금해지기 시작했다.

"차를 준비해 올게요. 조금만 기다려 주세요."

"저기. 실례가 안 된다면 집 좀 둘러봐도 될까요?"

나는 조심스럽게 물었다.

"네. 그러세요."

그는 흔쾌히 승낙했다.

"감사합니다."

나는 3층부터 내려오며 집을 둘러보았다.

3층은 미끄럼틀과 그네, 각종 장난감으로 가득한 놀이방으로 꾸며져 있었고, 2층은 서재로 사용하는지 사방이 책으로 가득했다. 한참을 둘러보고 1층으로 내려오니 그는 아내와 아이, 이렇게 셋이서 웃으며 대화를 나누고 있었다. 정말 화목한 가정처럼 보였다. 그가 나를 발견하고는 아내와 아이를 소개해 주었다. 그의 아내는 굉장한 미인이었고, 아이 또한 엄마와 그를 닮아 이목구비가 또렷한 귀여운 아이였다.

'부럽다.'

그가 부러웠다. 멋진 집에 외제차, 예쁜 아내와 딸까지.

"집이 정말 예쁘고, 사모님도 너무 미인이시네요. 따님도 예쁘고요."

"감사합니다."

그는 나의 칭찬에 쑥스러웠는지 머리를 긁적였다

"정말 부럽습니다. 저도 선생님처럼 성공한 인생을 살고 싶어요."

"음…… 성공한 인생이라……"

그는 잠시 생각하더니 말을 이어 나갔다.

"실례지만 나이가 어떻게 되세요?"

"26살입니다."

"정말 좋은 나이군요. 학생이세요?"

"아니요. 회사원입니다. 입사한 지 1년 조금 지났어요."

"아. 회사원이시구나."

"선생님은 나이가 어떻게 되세요?"

"저는 올해 마흔입니다."

"마흔요? 정말 40살이라고요?"

많아 봐야 20대 후반의 나이로 봤는데 생각보다 많은 나이에 놀랐다. 그리고 무엇보다 그의 얼굴에는 근심이 없어 보였다.

"정말 동안이시네요."

"감사합니다. 그럼, 공원에서 하던 이야기를 이어가 볼까요?"

나는 차를 한 모금 마신 후 이야기를 시작했다.

"선생님, 저는 앞으로 어떻게 살아가야 할지 잘 모르겠어요. 학생 때는 남들보다 좋은 대학, 좋은 직장을 들어가기 위해, 오직 그것만 생각하며 살았는데, 취업을 하고 나니 아무런 목적의식이 없어졌어요. 뭔가 너무 허무하고, 공허한 느낌이랄까요? 그리고 가장 큰 문제는 사는 게 별로 재미가 없다는 거예요."

"네. 무슨 느낌인지 잘 알 것 같아요. 저도 그랬으니까요."

"선생님도요?"

"네. 저도 그 과정을 겪었어요."

"선생님의 성공 비결 좀 가르쳐 주시면 안 될까요? 부탁드립니다."

나는 용기를 내어 그에게 부탁하였다.

"26살의 젊은 청년이 대견하네요. 저는 20대 때에는 아무런 생각 없이 살았었는데 말이죠. 성공이라고 하기엔 좀 부끄럽지만, 저를 변화시킨 건 책이라고 자신 있게 말할 수 있을 것 같아요."

"책이요?"

"네. 그래요. 예전의 저는 1년에 책을 한 권도 읽지 않는 사람이었죠. 책을 읽을 만큼 시간적인 여유도 없었고, 책은 재미없고 지루한 것이라고 생각했죠."

"선생님, 2층 서재에 엄청나게 많은 책이 있던데, 어떻게 갑자기 책을 좋아하게 된 건가요?"

"서른 살, 제 생일 때 선물 받은 한 권의 책이 저를 이렇게 변화시켰죠. 평소 같으면 방구석에 처박아 뒀을 텐데, 그날따라 책이 읽고 싶더군요. 아마 그 책 제목에 끌렸던 것 같아요. 순식간에 책 한 권을 다 읽어 버렸어요. 마지막 책장을 넘기고 책을 덮는데 가슴 뭉클한 감정이 생겼어요. 도대체 얼마 만에 책 한 권을 다 읽어 본 건지.

스스로에게 너무 대견스러웠고, 무엇인가 큰일을 한 것 같은 기분이었어요. 아무튼, 기분이 너무 좋았어요. 그 좋은 기분을 좀 더 느끼고 싶어 집에 있는 책을 찾았는데, 집에 책이 한 권도 없는 거예요."

"네? 정말요? 저희 집에도 책 몇 권은 있는데요."

"그래서 곧장 차를 몰고 서점으로 갔어요. 거기서 신선한 충격을 받았죠. 수많은 책, 좋은 책을 고르려는 사람들의 눈빛, 책 냄새, 잔잔한 음악까지…. 모든 게 좋았어요. 그날 이후로 저는 책의 매력에 빠져 매일 책을 읽게 되었죠. 그렇게 꾸준히 읽다 보니 제가 지금까지 잘못 살아왔다는 걸 깨닫게 되었죠.

늘 회사 일에 쫓기다 휴일에는 온종일 누워서 TV만 보고, 친구들 만나 술 마시고, 그냥 아무 생각 없이 살아온 거죠."

"선생님, 제가 지금 그래요."

"그래서 다짐했죠. 앞으로는 이렇게 살지 않겠다고. 이렇게 살다 죽고 싶진 않다고, 한 살이라도 어릴 때, 조금이라도 더 건강할 때 다양한 경험을 하고, 재미있고 현명하게 살아야겠다고 말이에요. 그리고 저만의 노트를 작성했죠. 앞으로 무엇을 하며 어떻게 살아야 할지에 관해서요. 전 그것을 [내 삶의 그림]이라고 이름 지었어요."

"선생님의 삶의 그림, 정말 궁금합니다."

"우선, 저의 노트를 드릴 테니, 다 읽고 나면 저를 찾아오세요. 언제든 환영입니다."

"정말 감사합니다. 선생님."

난 그의 집을 나와 곧장 집으로 달려가 그의 노트를 펼쳤다.

욕심이 많으면
인생이 힘들어져요

욕심이란 자신의 분수에 넘치게 무언가를 탐하는 마음입니다.

욕심이 많으면 인생이 힘들어집니다.

욕심을 버리세요.

많은 사람들이 노력은 별로 하지 않고 결과는 좋기를 바랍니다.

공부는 하지 않고 좋은 성적을 받기를 바라고, 회사 일은 별로 하지 않으면서 회사에서 인정받기를 바라는 것은 욕심입니다.

노력한 만큼의 결실만 받아들이세요.

제가 욕심을 버리라고 했다고 의욕마저 버려서는 안 됩니다.

의욕은 무엇인가 이루고자 하는 마음이니 그건 간직하고 과욕을 버리라는 말입니다.

과한 욕심은 결국엔 화를 불러오기 때문입니다.

과한 욕심의 대표적인 본보기가 남의 것을 탐하는 마음입니다. 남이 나보다 좋은 것을 많이 가졌다고 해서 시기와 질투에 눈이 멀어 그것을 빼앗으려 한다면 큰 문제가 생기게 되지요. 절대 남의 것을 탐하지 마세요.

자신의 그릇에 담을 수 있는 만큼만 담으면 아무 문제 될 것이 없습니다.

자신이 더 많은 것을 담고 싶다면 자신의 그릇부터 키워야 합니다.

모든 사람의 마음에 들려고 애쓰지 않아도 괜찮아요

세상에는 참으로 다양한 사람들이 살아가고 있습니다.

살다 보면 별의별 일들이 일어나지요.

내가 아무리 법을 잘 지키고 맡은 일을 열심히 하고 남에게 피해를 주지 않고 착하게 살아간다고 한들, 나를 싫어하거나 미워하는 사람들은 언제나 존재합니다. 어떤 모임에서 분위기를 띄우려 재미있는 이야기를 해도, 그중 한두 명은 꼭 태클을 거는 사람이 있게 마련입니다.

그런 사람들 때문에 상처받고 힘들어할 필요는 없습니다. 사람마다 자라온 환경이 다르다 보니 저마다의 생각이 다르고 유머 코드도 다를 수 있습니다. 그리고 남을 욕하는 것이 몸에 밴 사람들이 있습니다.

그런 사람들은 가볍게 무시하면 됩니다. 그들은 내가 아무리 호의적으로 다가가도 나의 안 좋은 모습만 찾아내려고 할 것입니다.

그렇다고 그들을 적대시하라는 말은 아닙니다.

그들이 나를 좋아하게 만들려고 시간을 들이는 것은 시간 낭비입니다.

그 시간을 나와 나를 좋아하는 사람에게 사용하세요.

모든 사람이 나를 좋아하게끔 만든다는 것은 애초에 불가능한 일입니다.

안 좋은 일을 좋은 일로 바꾸기

저는 안 좋은 일이 일어나면 그것을 좋은 일로 바꾸어 버립니다.

무슨 말인지 모르겠다고요?

예를 들면 이런 경우입니다.

가족들과 여행을 가는 도중에 자동차 타이어가 펑크 났다면, 대개는 "아 하필 이런 때에 타이어가 펑크가 났네." 라고 생각을 하지만 저는 "아~ 다행이다. 고속도로 들어가기 전에 펑크 난 사실을 알게 되어 다행이야. 하마터면 큰 사고로 이어질 뻔 했는데 정말 다행이다." 라고 생각을 합니다.

주차를 하다가 전봇대를 들이받아서 차가 찌그러졌을 때에는 '휴~ 다행이다. 사람을 들이받지 않아서.' 라고요.

대변을 보는데 피가 조금 묻어 나왔어요. 병원을 갔더니 치질이라며 수술을 해야겠다고 합니다. 의사 선생님께서는 며칠 입원도 해야 한다고 합니다.

이럴 때 '아~ 짜증 나 웬 치질이야. 할 일도 많은데 며칠 입원까지 해야 하다니.' 라고 생각하기보다는 '그래도 다행이야. 큰 병 아니라서. 요즘 업무 때문에 많이 지쳐 있었는데 이참에 병원에서 푹 쉬고 밀린 독서도 좀 하자.' 라고 생각하는 것입니다.

이미 벌어진 상황을 어떻게 할 수 없잖아요.

분노가 하늘을 찌를 때

주위를 둘러보면 화나는 일 투성입니다.

줄 서서 지하철을 기다리고 있는데 아무렇지 않게 새치기를 하는 사람, 약속 시간에 늦어도 미안하다는 말을 하지 않는 친구, 자기가 잘못 해놓고 오히려 큰소리 치는 직장 상사, 배려라고는 모르는 이기적인 사람 등, 일상에는 우리를 화나게 하는 사람들이 너무 많습니다.

화가 난다고 해서 물건을 집어 던진다거나, 상대방에게 욕설을 퍼붓는 행위는 상황을 더 악화시키게 됩니다. 그렇게 되면 상대방도 화가 나기 때문입니다. 화와 화가 만나면 더 큰 화가 만들어집니다. 그렇게 되면 좋지 않은 결과가 나타나겠지요.

화를 화로 받아치게 되면 악순환의 연속입니다.

화가 난다면,

1 그 자리를 피하세요. 눈에서 멀어지면 마음에서도 멀어집니다.

2 말을 아끼세요. 화가 난 상태에서 좋은 말은 나오지 않습니다.

3 앙갚음 하지 마세요. 상대방도 복수의 칼을 갈게 됩니다.

4 먹는 걸로 풀지 마세요. 살만 찝니다.

5 신나고 좋아하는 음악을 들어 보세요. 기분이 한결 좋아집니다.

진정한 아름다움은 겉과 속이 함께 빛나는 것

내면 못지않게 중요한 것이 외면입니다.

특히 누군가를 처음 만나는 자리라면 더욱 외면에 신경을 써야 합니다. 첫인상은 그 사람을 판단하는데 굉장히 큰 작용을 하기 때문입니다. 첫인상에서 상대방에게 좋지 않은 인상을 주게 되면 신뢰를 주기 힘듭니다.

첫인상에 영향을 가장 많이 주는 것이 옷입니다.

우리가 처음 만났던 날을 기억해 보세요. 그때 저는 강연을 갔다가 집으로 돌아오는 길이라 수트를 입고 있었죠.

만약 그때 제가 운동복 차림이거나 아무렇게나 옷을 입고 있었다면, 제가 저희 집으로 초대를 했을 때 당신은 저를 따라오지 않았을지도 모릅니다.

옷차림만으로 그 사람이 대충 어떤 성향의 사람인지 판

단 할 수 있습니다.

그렇다고 값비싼 옷을 입으라는 말은 아닙니다.

자신에게 어울리는 옷, 깔끔한 옷, 상황에 맞는 옷을 입으면 됩니다.

우리는 모두 예쁜 것을 좋아합니다. 예쁜 옷, 예쁜 차, 예쁜 집, 예쁜 음식, 사람도 예외가 아닙니다. 예쁜 사람을 좋아합니다.

자신을 꾸밀 줄 아는 사람이 되세요.

시간을 잘 다스리는 사람이 승리한다

나이가 들어갈수록 시간은 빨리 지나갑니다.

제가 40대가 되고 나니 30대 때와는 또 다른 세월의 속도감에 놀랍니다. 자고 일어나서 특별히 한 것도 없는데 하루가 끝이 나고, 해가 바뀌어서 "새해 복 많이 받으세요." 라고 인사한 지가 얼마 되지 않은 것 같은데 어느새 "메리 크리스마스."라고 인사를 하고 있더군요.

시간이 지나면 결국엔 나이를 먹게 되고, 늙어 간다는 것은 그리 유쾌한 일은 아닙니다. 얼굴에 주름이 하나둘 늘어가고, 나이에 맞게끔 나잇값도 해야 하고, 신체기능은 점점 둔해지게 되지요.

세월이 야속하기만 합니다.

하지만 가는 세월을 막을 수는 없는 것이죠.

그래서 저는 아름답게 늙어가기로 마음먹었어요.

시간을 소중히 잘 활용해서 나중에 후회하지 않기로요.

세상에 시간을 투자해서 안 되는 일은 없더군요. 인터넷은 점점 발전해서 내가 원하는 정보는 검색을 통해 언제든 손에 넣을 수 있고, 철도 기술의 발전으로 부산에서 서울까지 2시간 30분이면 닿을 수 있게 되었고, 지구가 아닌 다른 별에 탐사선도 보낼 수 있고, 다양한 약들이 개발되어 인간의 수명도 많이 길어지게 되었습니다.

이 모든 것이 시간을 투자한 결과입니다.

이토록 소중한 시간을 우리는 함부로 사용해서는 안 될 것입니다.

시간을 소중히 여기세요.

새벽공기의 신선함

시간을 잘 활용하는 방법 중 으뜸인 방법 하나를 추천하면, 저는 일찍 일어나는 것이라고 말하고 싶어요. 일찍 일어나서 하루를 시작하게 되면 퀄리티 높은 많은 시간을 확보하게 됩니다.

수면을 통해서 우리의 체력이 회복된 상태이기 때문에 멋진 아이디어도 잘 떠오르고, 고도의 집중력을 발휘할 수 있지요.

또한 새벽 시간에는 그 누구의 간섭도 받지 않아서 좋습니다. 전화벨도 울리지 않고 단체대화방도 그 시간에는 조용하기에 오롯이 내 시간을 활용할 수 있습니다.

새벽시간 활용을 통해 선순환 구조가 만들어지게 되는 것입니다.

일찍 일을 시작하면 업무처리 능력이 올라가기에 불필요한 야근을 하지 않아도 되니 저녁 시간에 취미 활동을 할 시간도 생기게 됩니다. 취미 활동을 통해 사람들과의 새로운 관계도 형성되고, 삶의 활력도 생기게 되지요.

그리고 무엇보다 제가 새벽 시간을 좋아하는 이유는 새벽공기가 주는 신선함 때문입니다. 신선한 공기를 마시면 기분이 좋아집니다. 그러면 하루를 기분좋게 시작할 수 있게 됩니다.

외로움에 대하여

배려가 많은 사람일수록 외로움을 더 많이 느끼는 것 같습니다.

남을 신경 쓰느라 자신을 제대로 돌보지 못하기 때문입니다.

남에게 좋은 모습을 보여주려 애쓰다 보니 자신의 솔직한 모습을 숨기게 되지요.

속상한 일이 있어도 아무렇지 않은 척하고, 슬퍼도 내색하지 않고 언제나 밝은 모습을 보여주려 애쓰다 보니 외로운 거예요.

자신의 솔직한 모습을 보여주세요. 자신의 솔직한 모습을 보여주는 것이 부끄럽다고 느껴지면, 그런 모습을 보여줘도 되는 사람들에게만 보여주세요.

자신의 이야기를 성심껏 들어주고 공감해 주고 격려해 주는 사람과 함께 있다면 외로움은 사라집니다.

당신이 남을 배려하는 만큼 당신도 누군가로부터 배려를 받으면 외로움은 사라지게 됩니다.

이런 사람과는 거리가 필요해요

① 매사에 부정적인 사람
② 이기적인 사람
③ 남의 것을 탐하는 사람
④ 거짓말을 많이 하는 사람
⑤ 남 잘되는 걸 못 보는 사람
⑥ 공감능력이 현저히 떨어지는 사람
⑦ 책임감이 없는 사람
⑧ 약속을 지키지 않는 사람
⑨ 욕을 많이 하는 사람
⑩ 돈을 자주 빌리는 사람

결핍이
나쁜 것만은 아니에요

제 친구 중에 엄청난 부자가 있습니다. 할아버지께서 부동산 임대사업을 크게 하셔서 태어날 때부터 부자였어요.

대학시절 우리가 지하철이나 버스로 통학을 할 때, 그 친구는 자신의 승용차로 통학을 했어요. 그 당시 대학생이 차를 가지고 다니는 건 쉽지 않은 일이었기에 그 친구는 여학생뿐만 아니라 남학생에게도 인기가 엄청 많았어요.

할아버지의 임대 사업을 물려받은 친구는 지금도 엄청난 부자입니다.

주위 사람들은 부모 잘 만나 부족한 것 없이 경제적인 풍요를 누리며 하고 싶은 것 다 하며 사는 그 친구를 부러워하지만, 저는 그 친구가 마냥 부럽지만은 않았어요.

그는 행복을 느끼지 못하는 사람이었으니까요. 그에게

있어 돈은 시시한 물건이었어요. 태어날 때부터 항상 많았으니 돈의 소중함을 잘 몰랐던 것이죠.

우리가 힘들게 취업을 해서 받은 첫 월급의 기쁨을 그는 알지 못하죠.

여행을 가려고 매달 10만 원씩 적금을 들어 만기가 되어 찾을 때의 그 설레임을 그는 알지 못합니다.

놀고 싶고, 자고 싶은 것 참아가며 열심히 공부해 학교에서 장학금을 받을 때의 성취감을 그는 알지 못하지요.

결핍을 견디고 이루고자 하는 바를 이루었을 때 인생이 더 빛나지 않을까 생각됩니다.

기억은 흘러가지만 메모는 남는다

저는 메모를 생활화하고 있습니다.

항상 주머니에 작은 수첩과 볼펜을 가지고 다닙니다. 갑자기 좋은 아이디어가 떠오르면 때와 장소를 가리지 않고 볼펜과 수첩을 꺼내서 기록합니다.

저는 샤워를 할 때 아이디어가 자주 떠오르기 때문에 샤워 하러 들어갈 때도 볼펜과 메모지를 가지고 들어갑니다.

만약 메모지가 없는 경우에는 스마트 폰의 메모장을 활용하기도 합니다.

아이디어가 떠오를 때 바로 메모를 해놓지 않으면 시간이 지나 기억에서 사라져 버리기 때문입니다.

아이디어가 곧 돈이 되는 세상인데 그렇게 허무하게 아이디어를 날려 버리면 아깝잖아요.

내 몸을 깨우는 물의 힘

특별히 시간과 돈을 들이지 않고 자신의 건강을 관리하는 방법 중 하나가 바로 '물 마시기'입니다.

물이 몸에 좋다라는 건 우리 모두 알고 있는 사실입니다. 하지만 세상의 모든 이치가 그렇듯 과하면 탈이 생기게 마련이지요.

의학 전문가들이 말하는 하루 물 권장량은 1.5~2리터라고 합니다.

물 역시도 너무 많이 마시면 오히려 몸에 해로울 수가 있습니다. 몸속의 나트륨 농도가 낮아져 얼굴과 팔다리가 부을 수도 있고, 신장에 손상을 줄 수도 있습니다.

이런 점들만 주의해서 물을 마시면 이로운 점이 너무 많습니다.

첫 번째, 물은 해독작용이 있습니다.

두 번째, 물은 다이어트에 효과가 있습니다.

세 번째, 물은 혈액 순환에 도움을 줍니다.

네 번째, 물은 숙면에 도움을 줍니다.

다섯 번째, 물은 소화에 도움을 줍니다.

술잔은 기쁨을 채울 때 빛이 납니다

"담배는 피워도 술은 마시지 마라."

대학생 때 저의 사촌 형이 한 말이에요.

담배가 술보다 더 나쁘지 않냐고 물었더니 사촌형은 이렇게 대답했어요.

"담배를 많이 피운다고 사고를 치지는 않아. 하지만 술은 많이 마시면 사고를 친단 말이지."

물론 담배를 피우라는 말이 아니고 술을 조심하라는 뜻에서 한 말이죠. 사촌형은 술이 굉장히 위험한 발명품이라고 했어요.

술을 많이 마시면 자신의 감정과 몸을 제대로 컨트롤 할 수 없게 되어, 평소 같으면 그냥 넘어갈 일도 감정이 격해져서 화를 내게 되고 심지어는 폭력까지 휘두르게 되죠.

하지만 사회생활을 하는데 술을 아예 안 마시는 건 어려운 일입니다.

그래서 저는 저만의 술 마시는 룰을 정했어요.

첫 번째는, 화나는 일이 있을 때는 술을 마시지 않습니다. 화나는 일이 있다고 술로 풀겠다는 사람은 어리석은 사람입니다. 어찌 보면 위험한 사람이라고 할 수도 있어요. 술을 마시면 화가 풀리기보다는 오히려 화가 더 치밀어 오르죠. 그러다 보면 괜히 옆 사람과 시비가 붙어 싸움으로 번질 수 있습니다.

두 번째는, 술자리는 1차에서 끝내는 것입니다. 제 경험상 술자리가 길어질수록 사고 발생률이 높아지더라고요.

세 번째는, 이틀 연속으로 술을 마시지 않아요. 간이 회복할 시간을 충분히 주는 것이죠.

이렇게 세 가지만 신경 쓰면 별 무리 없이 지혜롭게 술을 즐길 수 있어요.

숙면은 더 나은 내일을 보장한다

스포츠 경기에서는 당일 컨디션이 경기의 승패를 좌우하는 아주 큰 요소입니다.

전날 잠을 어떻게 잤느냐에 따라 컨디션에 많은 차이를 보이게 됩니다. 개운하게 잠을 잘 잔 날은 머리도 맑고 몸도 가벼운 반면, 잠이 늦게 들거나 자는 도중 자주 깬 날은 머리도 몸도 무겁죠.

그래서 잠을 잘 잔다는 것은 우리의 일상에서 매우 중요합니다.

무언가를 이루고자 할 때 잠을 줄이면서 하는 것은 그리 좋은 방법이 아닙니다.

잠은 빚과 같아요.

우리는 개인마다 필요한 수면시간이 있는데 그 시간을

채우지 못하면 수면의 빚을 지는 것이죠.

잠을 자는 동안 우리 몸은 에너지를 회복하게 되는데 잠을 충분히 자지 못하면 에너지가 제대로 회복되지 못하는 것이죠.

수면을 제대로 취하지 못하면 집중력도 떨어지고 만성피로의 원인이 됩니다.

저는 자려고 불을 끄고 침대에 누우면 잠에만 집중합니다. 자면서 오늘 다하지 못한 일을 생각하거나 내일 할 일, 혹은 고민거리를 생각하지 않아요.

숙면을 취해서 에너지를 충분히 회복한 후에 일을 하는 것이 훨씬 효율적이기 때문입니다.

숙면에 도움을 주는 몇 가지 방법을 알려 드릴게요.

1. 자신의 몸에 맞는, 최적화된 베개와 매트리스
2. 잠자기 전 따뜻한 물로 샤워
3. 저녁에는 될 수 있는 한 카페인 섭취 피하기
4. 잠들기 전에 걱정거리 정리
5. 낮잠은 밤잠을 방해하니, 필요하다면 짧은 시간의 낮잠을 취할 것

불필요한 마찰은 피하는 게 좋아요

살다 보면 나와는 너무 맞지 않고, 싫은 사람이 생기게 마련입니다.

나는 상대에게 예의를 갖추고 친해지려 노력했지만 상대방이 변하지 않는다면, 그런 사람은 그냥 가볍게 무시하는 것이 좋습니다.

굳이 그와 싸워서 적이 될 필요는 없습니다. 우리가 사는 사회는 얽히고 설켜 서로 연결되어 있습니다.

그가 나중에 나의 앞길을 가로 막을 큰 장해물이 될 수가 있습니다.

젊었을 때는 몰랐는데 점점 나이가 들어가면서 내 편을 많이 만드는 것보다 적을 만들지 않는 것이 더 중요하다는 사실을 많이 느낍니다.

내 편은 나를 성공하게끔 도와주지만, 적은 나를 무너뜨리려 노력할 것입니다. 힘들게 얻은 결실이 적으로 인해 무너질 수 있습니다.

적을 만들지 않는 방법에는 이런 것들이 있어요.

1. 상대를 이겼다면 진심으로 위로해 주고, 상대에게 졌다면 진심으로 축하해주기.
2. 자신을 과시하지 않고, 겸손을 생활화 하기.
3. 험담은 입에 담지도 않기.
4. 사소한 일에도 감사하다고 말하기.
5. 상대방 말을 중간에 끊지 않기.
6. 작은 실수는 너그럽게 넘어가기.
7. 탄로 날 거짓말 하지 않기.

인생에도
쉼표가 필요합니다

어느 날 갑자기 무기력함이 찾아 올 수 있습니다.

그건 우리의 몸이 우리에게 쉬라는 신호를 보내는 것입니다.

너무 많은 것을 생각하고 고민하는 당신

너무 잘하고 싶어 하는 당신

하기 싫은 일을 묵묵히 참아 온 당신

조금 쉬어 가세요.

조금 쉬면서 지친 몸과 마음을 달래주세요.

다시 힘이 생겨나면 무기력은 사라질 거예요.

상황에 맞는 유연한 사고가 필요해요

인생을 조금은 편하게 살아가는 방법 중 하나가 바로 융통성입니다.

너무 원리 원칙만 따지는 사람은 피곤합니다. 맑은 물에는 오히려 물고기가 살지 않듯이 너무 원리 원칙만 따지는 사람 주위에는 사람이 잘 모이지 않습니다.

융통성 없는 사람은 상황을 생각하지 않고 원칙만 내세웁니다. 자신의 원칙 때문에 주위 사람들이 답답하고 불편함을 느끼게 되지요.

몇 달 전 포장마차에서 있었던 일입니다.

옆 테이블 손님이 계산하려 사장님께 얼마냐고 물었습니다.

음식값은 50,500원이었어요.

손님이 카드로 계산을 하려 하자 사장님은 현금결제만 가능하다고 하더군요.

그래서 손님이 5만 원을 주면서 500원만 깎아 달라고 하니, 사장님은 음식값을 깎아주지 않는 것이 자신의 장사 철칙이라고 하더군요. 장사를 시작하고 지금껏 한 번도 음식값을 깎아 준 적이 없다며, 굳이 500원까지 다 받더라고요.

참 융통성 없는 사장님이죠. 500원만 깎아줬어도 서로 기분 상할 일은 없었을 터인데 말이죠.

그 손님은 두 번 다시 그 포장마차를 찾지 않겠죠.

상황에 맞게 유연한 융통성을 발휘하세요.

퇴사하고 싶을 때

회사 생활을 하다 보면 누구나 한 번쯤은 멋지게 사직서를 던지고 자신만의 인생을 찾아 떠나고 싶다는 생각을 하게 됩니다.

매일 아침 붐비는 지하철을 타고 회사로 출근해 하루 종일 책상 앞에 앉아서 모니터와 씨름하고, 때론 말도 되지 않는 지시를 하는 직장 상사의 비위를 맞추며, 나의 시간을 담보로 얼마 되지 않는 월급에 위안을 삼는 모습에 회의감이 들 수 있습니다.

"한 번뿐인 내 인생 이렇게 노예처럼 살고 싶지는 않아." 라고 생각이 들면 우선은 사직서를 가슴에 품고만 있으세요. 사직서를 가슴에서 꺼내는 순간 당신의 일상은 엉망이 될 거에요.

"세상은 넓고 할 일은 많다."라는 말도 능력이 탁월한 사람에게나 해당되는 말이에요.

세상은 그리 호락호락하지 않아요.

우리는 소중한 것을 잃고 나면 비로소 그것이 얼마나 소중한 것이었나 깨닫게 됩니다.

회사를 그만두는 순간 매달 들어오던 월급은 물론이고, 신용도 사라지게 됩니다. 신용카드도 만들 수 없고, 신용 대출도 받을 수 없습니다. 은행은 당신을 보고 돈을 빌려준 것이 아니라 당신이 일하고 있는 회사를 보고 돈을 빌려준 것이죠. 뿐만 아니라 회사에서 내주던 건강보험료도 본인이 내야하고, 건강검진도 모두 본인의 몫입니다. 그리고 절반이나 내주던 국민연금도 이젠 모두 본인이 부담해야 합니다.

노예처럼 살고 싶지 않아서 회사를 나왔는데 현실은 더 팍팍해집니다.

자영업은 쉬울까요?

가게 임대료, 관리비, 재료비, 인테리어 비용, 인건비, 각종 공과금 등 나가는 돈이 굉장히 많아요. 제대로 맘 편히 쉬지도 못합니다.

이에 비해 회사는 어떤가요? 7일 중 5일만 일하면 되고, 국경일에 쉬고, 명절에 쉬고, 여름휴가 때 쉬고, 연차도 있지요. 매달 들어오는 급여, 회사에 추가 이익이 발생하면 보너스도 주고, 명절 선물도 챙겨 줍니다.

그래도 퇴사를 하고 싶다면 회사라는 울타리보다 더 튼튼한 울타리를 만든 후에 해도 늦지 않습니다.

언젠가 멋있게 회사를 그만둘 수 있는 자기를 만드세요.

퇴사를 결정하기 전, 신중히 생각해 봐야 할 것 몇 가지 알려 드릴게요.

1. 퇴사가 일시적 감정에 의한 것은 아닌지.
2. 퇴사 후 재정적으로 얼마나 버틸 수 있는지.
3. 퇴사 후에 할 새로운 일에 대한 조사를 충분히 했는지.
4. 주위 사람들과 충분히 상의를 했는지.
5. 지금이 퇴사를 할 최고의 타이밍인지.
6. 자신을 객관적으로 평가 해 보았는지.
7. 퇴사가 아닌 휴직을 통한 짧은 휴식이 더 낫지는 않을지.

성공은 인사에서 시작된다

인사만 잘해도 꽤 괜찮은 사람으로 보여질 수 있습니다.
예의 없는 사람을 좋아할 사람은 아무도 없어요.
인사는 인간관계의 기본입니다.
인사는 상대를 향한 친근함의 표현입니다.
인사는 상대를 향한 존중의 표현입니다.
인사보다 좋은 프로필은 없습니다.
인사는 행운을 불러옵니다.

꾸준하면 언젠가 빛을 보는 순간이 온다

꾸준함은 힘이 됩니다.

작은 물방울이 바위를 뚫을 수 있는 것은 꾸준함에 있습니다.

무슨 일이든 꾸준히 해보세요.

공부를 잘하는 사람은 꾸준히 공부를 해 왔기 때문이고,

그림을 잘 그리는 사람은 꾸준히 그림을 그려 왔기 때문이고,

춤을 잘 추는 사람은 꾸준히 춤을 췄기 때문입니다.

처음부터 잘하는 사람은 없습니다.

꾸준히 하다 보니 잘하게 되는 것입니다.

꾸준함의 힘을 믿어 보세요.

용기는
그렇게 거창하지 않다

용기 있는 사람이 되세요.

전쟁터에 홀로 남겨진 친구를 구해오거나, 부당한 권력에 맞서 싸우는 그런 거창한 용기 말구요.

일상에서 작은 용기를 내어 보세요.

좋아하는 사람이 생겼나요?

친구와 화해하고 싶나요?

무엇인가 배우고 싶나요?

변하고 싶다면 조금만 용기를 내어 보세요.

일단 무엇이든 시작하세요.

그만 망설이세요.

행동하지 않으면 아무런 변화도 일어나지 않아요.

용기 있는 사람이란 두려움이 없는 사람이 아니라, 두렵지만 두려움을 떨쳐내고 도전하는 사람입니다.

세상을 바꾸는 방법

세상은 한순간에 바뀌지 않아요.
서서히 아주 조금씩 바뀌어 갑니다.
세상을 단숨에 바꾸는 유일한 방법이 있어요.
그건 본인이 바뀌는 겁니다.
내가 변하면 세상이 다르게 보이기 때문이죠.

천천히, 그러나 확실히

어려운 문제에 맞닥뜨렸을 때 우리는 지레 겁부터 먹습니다.

어떻게 해결해야 할지 막막하고 당황스럽죠.

너무 어렵게 생각하지 마세요.

할 수 있는 것부터 하나하나 풀어나가면 됩니다.

수박을 예로 들어 볼게요.

슬라이스 되지 않은 온전한 수박은 먹을 수가 없어요.

하지만, 수박을 반으로 자르면 숟가락으로 떠먹을 수 있게 되지요.

다시 반으로 자르고, 여러 조각으로 슬라이스를 내면 보다 편하게 맛있는 수박을 먹을 수 있게 되잖아요.

할 수 있는 일부터 시작하다 보면 어려워 보이던 일들도 사실은 그리 어려운 일이 아니었다는 것을 알게 될 거예요.

겸손하게
자랑하세요

적을 만들지 않는 좋은 방법 중 하나가 겸손입니다.

겸손하면 주위에 사람들이 모입니다.

겸손한 사람은 존경을 받지만, 교만한 사람은 시샘을 받습니다.

겸손한 사람에게는 신뢰가 생깁니다.

무언가 자랑할 만한 일이 생겼을 때는 그것이 그렇게 중요한지 한번 생각해 보고, 진심으로 축하해줄 수 있는 사람들에게만 자랑하세요.

당신의 자랑이 질투와 시기를 불러 올 수 있고

누군가에게는 상대적 박탈감을 줄 수도 있어요.

기적을 만드는 재료

사랑

용기

끈기

건강

독서

당신은 이미 이것들을 가지고 있어요.
이제 멋지게 기적을 만들어 보세요.

당신을 믿어보세요.

칭찬으로 샤워하기

남에게 칭찬을 잘하는 사람이 정작 본인에게는 칭찬에 인색한 경우가 많아요.

가끔은 본인을 칭찬해 주세요.

조금은 과하다 싶을 정도로 본인을 칭찬해 주세요.

"난 참 매력적이야."

"난 정말 열심히 사는 사람이지."

"난 정말 배려심이 많아."

"난 왜 이렇게 인기가 많을까."

"난 정말 약속을 잘 지키는 사람이야."

"난 참 괜찮은 사람인 것 같아."

사랑을 지속 하려면

적당한 거리를 두어야 해요.
때론 밀당이 필요해요.
'너 아니면 안 돼.' 라는 생각을 버리세요.
상대방을 고치려 하지 마세요.
사랑을 준 만큼 받으려 하지 마세요.

베푸는 사랑이 아름다운 겁니다.

PART 2.

흐르는 강물 속에서

피어나는 나

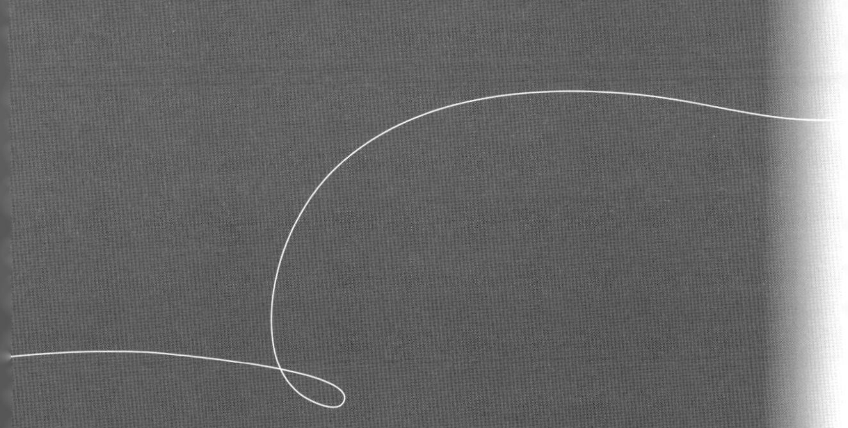

집중이 잘되지 않을 때

주위를 깔끔하게 정리해 보세요.

장소를 바꿔 보세요.

초콜릿 같은 달달한 간식을 먹어 보세요.

간단한 산책을 통해 신선한 공기를 마시고 오세요.

잠시 완전히 다른 일을 한 후에 다시 시작해보세요.

완벽한 거짓말은……

세상에 없습니다!

돈은 은행에서 빌리세요

살다 보면 급하게 돈이 필요할 때가 있습니다.

그럴 때 절대 친구에게 돈을 빌리진 마세요. 친구에게 돈을 빌리는 순간부터 둘은 어색한 사이가 됩니다. 돈을 빌리는 자신도 돈을 빌려준 친구도 을이 되고 맙니다. 자신은 돈을 빨리 갚아야 한다는 조급함이 생기고, 친구는 돈을 빨리 돌려받고 싶은데 상대가 부담스러울까 말은 못 하고 전전긍긍 하게 됩니다.

소중한 친구를 잃고 싶지 않으면 돈은 은행에서 빌리세요.

우리가 만드는 정치의 내일

우리가 사는 세상을 보다 아름답게 만들기 위해서는 정치에 관심을 가져야 해요.

정치적 결정으로 우리의 복지, 고용, 소득, 물가가 영향을 받습니다. 정치적 참여는 취약계층의 권익을 보호하고 사회적 불평등을 해소하는 역할을 할 수 있습니다. 외교 정책과 군사적 행위는 우리의 안보에 직접적 영향을 주지요.

정치에 관심을 가져 정부의 부패를 막고, 정책의 투명성을 높여야 합니다.

정치는 우리의 미래 세대에까지 영향을 미치기 때문에 우리는 관심을 게을리해서는 안 됩니다.

과거를 알면
미래가 보인다

우리가 역사에 관심을 가져야 하는 이유는 아주 간단합니다.

과거의 사건을 바탕으로 현재와 미래를 어떻게 대비해야 하는지 답을 얻을 수 있습니다. 역사는 반복되기 때문입니다.

스트레스를 참기만 하면 병이 생겨요

스트레스는 만병의 원인입니다.
스트레스를 해소할 수 있는 몇 가지 방법을 알려 줄게요.

1. 따뜻한 차를 한 잔 마시세요. 은은한 차의 향과 맛이 긴장을 풀어 줍니다.
2. 따뜻한 욕조에 들어가세요. 따뜻한 물에 몸을 맡기면 근육이 풀려 피로를 줄여줍니다.
3. 심리 상담을 받아 보세요. 전문가와의 대화를 통해 스트레스의 근본적 원인을 파악하여 해답을 찾을 수 있습니다.
4. 재밌는 영화를 한 편 보세요. 영화를 보며 즐기다보면 기분이 한결 가벼워집니다.

5 산에 올라 보세요. 자연과 함께 하다보면 스트레스 호르몬이 감소하여 마음이 편안함을 느낄 수 있습니다.

저축이 주는 마음의 평안

돈을 버는 족족 다 써버리는 어리석은 사람들이 있습니다. 돈을 버는 것도 중요하지만 쓰는 것 또한 중요합니다. 그보다 더 중요한 일은 모으는 겁니다. 젊을 때는 무엇을 하든 계속해서 돈을 벌 수 있는 기회가 생기지만, 나이가 들어서는 그 기회가 확연히 줄어듭니다. 젊을 때 부지런히 모아 놓아야 노후가 편안합니다. 늙어가는 것도 서러운데 돈까지 없으면 더 서럽지요.

저축을 해야 하는 당연한 이유에 관해 말해줄게요.

첫 번째, 예기치 못한 사고나 질병에 대비해야 합니다.

두 번째, 실직이나 코로나 같은 문제가 생겼을 때 생계를 유지할 여유자금이 필요합니다.

세 번째, 저축이 많으면 심리적 안정이 생깁니다.

네 번째, 남한테 아쉬운 소리 안 해도 됩니다.
다섯 번째, 좋은 투자 기회를 잡을 수 있습니다.

슬기로운 직장생활

선배에겐 예의를 갖추고, 후배에겐 꼰대 짓 하지 마세요.
나 잘났다 하지 말고 팀원들과 협업하세요.
잘 모르겠으면 물어 보세요.
지각을 하지 마세요.
바쁜 척하지 마세요. 안 바쁜 거 본인 빼고 다 압니다.
너무 자주 회식에 빠지지 마세요.

집착은 괴로움

집착할수록 불안과 걱정은 많아집니다.

집착하는 대상이 기대보다 못할 때 실망감을 가져다줍니다.

집착은 원하는 것을 얻더라도 또 다른 집착을 만듭니다.

집착은 상대에게 부담을 주게 되어 멀어질 수 있습니다.

집착은 자신을 외롭게 만듭니다.

내가 웃으면
세상도 웃는다

웃음은 사람의 벽을 허물고 친근감을 높여줍니다.
자주 웃는 사람은 긍정적인 사람입니다.
웃는 것은 곧 자신을 치유하는 것입니다.
웃음은 기분 좋은 여유입니다.
웃음은 삶의 빛과도 같은 것입니다.

항상 웃으세요. 가장 쉬운 인생의 해법입니다.

취미는 인생을 향기롭게 한다

솔직히 말해서 회사 일이 재미있지는 않잖아요. 하루 8시간 회사에 앉아 있는 것에 대한 자신만의 보상을 찾으세요. 업무와 전혀 관련 없는 좋아할 만한 것을 찾아보세요. 서핑, 캠핑, 바느질, 보드게임, 무엇이든 좋으니, 취미를 가지세요.

같은 취미를 가진 사람들끼리 모이면 좋은 관계를 만들 수 있고, 반복적인 일상에서 탈출해 새로운 경험을 하게 됨으로써 삶의 만족도가 높아질 거예요.

안전한 길에
더 큰 행복이 있을지도 몰라요

살아보니 공부만큼 리스크가 작은 것은 없는 것 같아요. 학창시절 공부를 열심히 해놓으면 서울대는 못 가더라도 웬만한 곳에 들어가 충분히 밥벌이는 할 수 있기 때문이죠. 하지만 다른 분야에서는 웬만큼 해서는 살아 남기 힘들어요. 스포츠를 예로 들면 스포츠로 밥벌이를 하려면 프로선수가 되어야 되는데, 프로선수가 되기는 하늘의 별 따기만큼 어려운 것이 현실이에요. 프로선수가 되기도 힘들지만 1군에 들어가는 것은 더 힘든 일이에요. 1군과 2군의 차이는 엄청 나지요.

또 다른 예를 하나 들어 볼게요.

누군가 이런 제안을 했다면요. 자기와 가위바위보를 해서 이기면 2천만 원을 주고, 지면 1천만 원을 달라고 한다면 어떻게 해야 할까요? 단, 기회는 단 한 번뿐이라는 전제에요.

당연히 하지 말아야겠지요. 확률은 50%이지만, 2천만 원이 생겨서 얻는 이득보다, 당장 1천만 원이 없어지는 손해가 본인에게는 더 큰 타격이기 때문입니다.

"High risk, high return"은 제가 가장 싫어하는 말 중 하나입니다. "High risk, low return" 이 될 수 있습니다.

우리가 지향해야 할 것은 "Low risk, high return"입니다.

일 못하는 사람들의 공통점

중요한 일보다 중요하지 않은 일에 더 많은 시간을 쓴다.

배우려는 의지가 없다.

피드백이 늦다.

자신을 과대평가한다.

건설적인 비판을 받아들이지 못한다.

실패를 지나치게 두려워한다.

과정보다 결과가 중요하다고 생각한다.

불평불만이 많다.

기록을 하지 않는다.

눈치가 없다.

핑계만 된다.

게으르기까지 하다.

따뜻한 마음을 전하는 친절

친절한 사람을 싫어할 사람이 있을까요? 친절하지 않은 식당은 아무리 맛있어도 저는 가지 않아요. 친절하지 않은 사람과는 함께 일하지 않죠. 친절은 상대에 대한 배려이기 때문에 친절하지 않은 사람은 배려가 없는 사람이라고 할 수 있습니다.

친절함은 도미노처럼 퍼져나가 행복을 증폭시킵니다.

내가 상대에게 친절하게 다가가야 그 사람도 나를 친절하게 대해 줍니다.

친절은 이기심을 억제하고 더욱더 성숙한 인격을 만들어 줍니다.

친절은 문화와 언어를 넘어서는 소통 수단이 됩니다.

노력한 만큼 반드시 결과가 따라오는 건 아니에요

때론 최선을 다했지만, 원하는 결과를 얻지 못할 때도 있어요. 성공은 노력만으로 이루어지는 건 아니더라고요. 운이나 타이밍, 환경적 요소도 무시할 수 없어요. 하지만 노력은 우리를 성장시키고 더 나은 기회를 제공합니다. 즉각적인 결실이 나오지 않더라도 그 과정은 성공을 위한 밑거름이 되어줍니다.

노력은 그 자체만으로 가치 있는 행동입니다.

꼰대를 대하는 자세

꼰대를 정의하자면, 자신의 구태의연한 생각을 타인에게 무리하게 강요하는 사람이라고 할 수 있겠습니다. 그렇기에 꼭 나이가 많은 사람만 꼰대가 되는 것은 아닙니다. 주위를 둘러보면 젊은 꼰대도 많습니다. 꼰대는 자기만의 세계가 있습니다. 그들은 그렇게 살아왔고, 그것이 옳다고 생각합니다.

그런 사람들을 대화로 설득하는 것은 거의 불가능에 가까운 일입니다. 사람은 쉽게 변하지 않습니다. 꼰대를 만났을 때는 최대한 힘을 빼고 그러려니 하는 자세가 바람직할 듯 합니다. 한 귀로 듣고 한 귀로 흘리는 것이 최선입니다. 자신의 에너지를 최대한 아끼는 것이죠.

너무 도덕적인 사람은 피곤합니다

비도덕적인 사람은 욕을 먹지만, 너무 도덕적인 사람은 외로워집니다.

지나치게 원칙을 고수하진 마세요. 도덕적으로 완벽하려는 행동이 타인에게 불편을 줄 수 있어요. 뭐든 적당해야 합니다. 제 주위에 그런 사람이 한 명 있는데, 그로 인해 주위 사람들이 피곤함을 자주 느낍니다.

너무 맑은 물에는 물고기가 살지 못합니다.

자만하지 마세요.
아직 갈 길이 멀어요

"토끼와 거북이" 이야기 아시죠?

물론 시작부터 거북이에게 너무 불리한 조건으로 시작된 경기이긴 하지만, 토끼는 자만하여 거북이에게 지고 말지요.

자만은 자기를 과대평가해 자신의 발전을 더디게 할 수 있어요.

반복된 자만의 행동은 타인의 신뢰를 잃게 만들 수 있어요.

자만으로 중요한 기회를 놓칠 수도 있어요.

자만한 사람은 존중받기 힘듭니다.

자만하지 마세요. 세상엔 참 많은 고수분들이 계십니다.

누구나 불안을 안고 살아갑니다

어쩌면 우리는 너무 많은 불안을 안고 살아가는 것은 아닐까요?

경제적 어려움에 관한 불안, 가족이나 자신의 건강에 대한 불안, 직장을 잃을지도 모른다는 불안, 남에게 평가 받는 것에 대한 불안, 경쟁에서 뒤처질 것 같은 불안 등 우리는 많은 불안을 안고 살아가고 있지요.

하지만 너무 불안해하지 마세요. 당신만 불안한 것이 아닙니다. 다른 사람들도 모두 자기만의 불안을 안고 살아가고 있어요.

어쩌면 불안하다는 것은 내가 앞으로 나아가고 있다는 것은 아닐까요?

열심히 살아가고 있기 때문에 불안한 것은 아닐까요?

아무 생각 없이 살아가는 사람만이 불안함을 느끼지 못할 거예요.

지금 불안한 것은 열심히 잘하고 있다는 증거입니다.

괜찮아요. 당신은 지금 충분히 잘하고 있으니까요.

원만한 결혼생활을 유지 하려면

집안일을 공평히 나누어서 하세요.
밖에서 있었던 일을 집에까지 들고 오지 마세요.
자기만의 시간을 가지게 해주세요.
배우자의 프라이버시를 지켜주세요.
적절한 애정 표현을 해주세요.
중요한 결정을 해야 할 때는 충분히 상의 후 결정하세요.
배우자의 몸매나 외모를 지적하지 마세요.
생일에는 서로에게 미역국을 끓여주세요.
다른 집과 비교하지 마세요.
싸우더라도 전화는 받으세요.

사람들과 좋은 관계를 맺으려면

상대방의 말에 귀를 기울이세요.
대화할 때 적절한 리액션을 섞어주세요.
작은 일에도 인정하고 칭찬해 주세요.
입장을 바꾸어서 생각해 보세요.
가식 없는 진심으로 상대를 대하세요.
유머러스한 사람이 되세요.
잘못한 일이 있으면 진심으로 사과하세요.
상대가 곤란할 때 먼저 손을 잡아주세요.
오해가 생겼다면 충분히 해명하세요.

자존감이 낮으면

좋은 기회가 와도 잡을 수가 없습니다.

칭찬도 불편하게 느껴집니다.

자신의 감정을 숨기게 됩니다.

여기저기 끌려다니게 됩니다.

실패가 찾아왔을 때 너무 큰 충격을 받습니다.

새로운 관계를 맺기 힘듭니다.

사랑받을 수 없습니다.

이별이 찾아왔을 때

편지나 사진은 치워버리세요.
이별의 책임을 자신에게 돌리지 마세요.
헤어 스타일을 바꿔보고 새로운 옷을 입어보세요.
다시 돌아올지 모른다는 쓸데없는 생각은 하지 마세요.
새로운 사랑을 찾으세요.
이별은 끝이 아니라 새로운 시작입니다.

이별은 아프지만 다음 사랑을 준비하는 좋은 과정입니다.

끌리는 사람은
뭔가 다릅니다

자신감이 있습니다.
긍정적인 태도로 주위 사람들에게 에너지를 줍니다.
유머 감각이 있습니다.
공감 능력이 뛰어납니다.
책임감을 지녔습니다.
남의 이야기를 잘 들어 줍니다.
칭찬을 아끼지 않습니다.
자신을 낮추고 상대방을 치켜세워 줍니다.
과하지 않게 단정한 외모를 유지합니다.
좋은 향기가 납니다.
자기 계발을 멈추지 않습니다.
유연한 사고를 가지고 있습니다.

끌리는 사람은 자기 자신을 사랑할 줄 압니다.

나만의 인생지도 만들기

본인이 원하는 인생을 한번 그려 보세요.

1년 후, 5년 후, 10년 후에는 어떤 인생을 살고 있을지 말이에요.

그리고 종이에 쓰세요.

원하는 모든 것을 종이에 써 보세요.

"내년에는 회사에서 진급을 할 거야."

"내년에는 꼭 멋진 배우자를 만날 거야."

"3년 후에는 책을 출간할 거야."

"5년 후에는 유럽 일주를 할 거야."

"10년 후에는 베스트셀러 작가가 될 거야."

"착한 부자가 될 거야."

원하는 것을 모두 썼다면 그것을 잘 보이는 곳에 붙여 두세요.

당신이 만든 인생지도가 당신을 원하는 곳으로 데려가 줄 거예요.

어둠 속에서도
희망의 불씨를 지키세요

제가 지금의 멋진 삶을 살 수 있는 것은 단 한 순간도 희망을 버리지 않았기 때문입니다.

지난날, 지독한 가난과 시련과 고통의 날들이 있었지만 인생을 포기한다는 어리석은 생각은 한 번도 하지 않았어요.

왜냐면 저는 잘될 거라는 믿음이 있었기 때문입니다.

저는 잘 될 테니까요.

잘 될 수밖에 없으니까요.

언젠가는 멋진 날이 올 거라는 희망을 늘 가슴속에 품고 있었습니다.

지금 걷는 길이 오르막길 같아서 힘들다면

막막하게 느껴져 한숨만 나온다면

잠시 쉬어 가세요.

하지만 포기하지는 마세요.

희망을 가지고 한 걸음, 한 걸음 걷다 보면 반드시 멋진 날이 올 것입니다.

절대로 희망을 버려서는 안 됩니다.

PART 3.

바람 속에 담긴
나의 이야기

최고의 사랑 해보기

그가 준 노트를 다 읽고, 잠자리에 누웠지만, 쉽게 잠을 이룰 수 없었다.

내가 원하는 모든 것을 다 가진 그 남자. 겸손하면서도 자신감에 넘치는 말투, 여유 있는 표정, 그의 모든 것이 부러웠다.

내가 그보다 나은 점이라고는 젊다는 것, 그것뿐이었다.

그처럼 되고 싶어졌고, 그 남자의 삶이 너무 궁금했다. 눈뜨자마자 씻고 그를 찾아갔다. 그는 정원에 있는 안락의자에서 책을 읽고 있었다.

나: 안녕하세요. 선생님 좋은 아침입니다.

그: 오~ 아침 일찍 찾아오셨네요. 어서 와요.

나: 선생님, 삶의 그림이 궁금해서 견딜 수가 없었어요.

그리고 오늘부터 선생님을 제 인생의 나침반으로 정했습니다.

그: 인생의 나침반이라. 조금 부담스러운데요. 하하하.

그가 너털웃음을 지었다.

나: 아닙니다. 선생님은 여태껏 제가 만난 분 중에 가장 멋지세요. 정말 부럽고 닮고 싶습니다.

그: 그렇게 말씀해 주시니 감사합니다. 그럼, 저의 삶의 그림을 말씀드리죠.

제가 가장 먼저 노트에 적은 내용은 "최고의 사랑 해보기" 였어요.

나: 최고의 사랑 해보기요? 와~ 시작부터 흥미진진하네요.

그: 7년 전쯤이었을 거예요. 집에서 혼자 TV를 보고 있었죠. 무슨 다큐멘터리 방송이었는데, 가난한 동네의 연세 많은 어르신들을 돌보며 살아가는 사람들의 이야기에 관한 방송이었어요. 활기가 없는 마을 벽에 그림을 그려주고, 전등이 고장난 집이 있으면 전등을 갈아주고, 누수가 발생한 집에는 방수페인트를 발라주며 어려운 주민들을 도와주는 내용이었어요. 한참을 재미있게 보고 있는 중에 자원봉사를 하고 있는 여대생을 인터뷰하는 장면에서 제 이상형을 만나 버렸지 뭐예요. 외모뿐만 아니라, 말도 어쩜 그렇게 예쁘게

하는지 첫눈에 반해버렸어요. 방송이 끝나고 계속 그녀 얼굴과 목소리가 아른거리는데 미치겠더라고요. 제가 어떻게 했을 것 같아요?

나: 글쎄요…… 설마 찾아가신 건 아니죠?

그: 맞아요. 전 그녀를 찾아갔어요.

나: 네? 정말 찾아갔다고요? 어떻게요? 그녀의 이름이며 전화번호며 하물며 사는 곳도 모르는데 어떻게 찾아가신 거예요?

나는 놀라 흥분하며 물었다.

그: 그냥 방송에 나온 그 동네로 무작정 찾아갔어요.

나: 우와~ 선생님 보기보다 저돌적이시네요. 어디서 그런 용기가 나온 거예요?

그: 사실 전 소심한 성격이었어요. 살아오면서 좋아하는 여자에게 좋아한다는 말을 한 번도 해본 적 없고 학창 시절엔 있는 듯 없는 듯 지냈는데, 책을 읽고 많이 바뀌었어요. 수많은 책을 읽고 제가 내린 결론은, 사람의 인생을 바꾸는 건 용기라는 거에요.

나: 용기요?

그: 네. 그때 전 용기를 내었어요. 일단 한번 찾아가 보자. 뭐 어떻게 되겠지. 찾아갔는데 못 만나면 그뿐이지. 이렇게 생각하고 방송에 나온 그곳을 찾아간 거예요.

나: 그래서요? 그녀를 만났나요?

그: 어떻게 되었을 것 같아요?

나: 아~ 선생님. 빨리 얘기해주세요. 궁금해요.

그: 전 그녀를 찾기 위해 동네 이곳저곳을 돌아다녔어요. 그런데 아무리 돌아다녀도 그녀를 만날 수가 없었죠. 지쳐서 좀 쉬려고 동네의 자그마한 찻집을 들어갔는데, 거기에서 그녀가 할머니들에게 차를 타 주고 있지 뭐예요.

나: 우와~ 정말 운명적인 만남이네요.

그: 네. 그때 너무 놀라서 표정 관리가 안 되었던 것 같아요. 막상 그녀를 만나니 무엇을 어떻게 해야 할지 머리가 하얘지더라고요.

나: 선생님, 저라도 그랬을 것 같아요.

그: 정신을 차리고 그녀에게 이야기했죠. 며칠 전 다큐멘터리 방송을 보고 이 동네를 알게 되었고, 동네가 너무 예뻐서 사진 찍으러 왔다고 말이에요. 그녀가 웃으며 나에게 따뜻한 차를 한 잔 주더군요. 차를 마시며 주위를 둘러보니 방송에 나왔던 할머니들이 계시길래 다큐멘터리 이야기를 하면서 그녀와 자연스럽게 대화를 이어 나갈 수 있었어요. 그러던 중 한 할머니께서 우리 둘이 잘 어울린다며 장난치듯 한번 만나 보라고 하셨는데 그녀도 싫은 표정은 아니더라고요. 저는 그때를 놓치지 않고 또 한 번 용기를 내어 그녀에

게 전화번호를 받았어요. 그리고 첫 데이트 때 그녀에게 고백했죠. 방송을 보고 첫눈에 반했고, 사실은 당신을 만나기 위해 그곳을 갔었다고 말이에요.

나: 와~ 선생님. 정말 영화 같은 만남이에요.

그: 그렇게 해서 우리는 연인이 되었고, 뜨거운 사랑을 했어요. 그녀와 함께하는 모든 것이 행복했어요. 손을 잡고 거리를 거닐고, 영화를 보고, 맛있는 음식을 먹고, 여행을 가고, 서로의 친구들에게 소개를 하고, 하루하루가 너무 소중한 시간이었어요. 그냥 바라보고만 있어도 좋은 그런 여자였어요. 그녀를 위해서는 대신 죽어 줄 수도 있겠다고 생각했죠. 그 여자가 지금 제 아내가 되었고 말이에요. 어때요? 이 정도면 최고의 사랑이라 할 만하지 않은가요?

나: 선생님, 정말 멋있어요. 제가 여태껏 들었던 러브스토리 중 최고예요.

그: 지금 교제 중인 사람이 있나요?

나: 교제 중인 사람은 없고, 좋아하는 사람은 있어요.

나는 수줍게 이야기했다.

그: 그럼 하루빨리 좋아하는 사람에게 용기를 내어 보세요. '용기 있는 자만이 사랑을 거머쥔다'라는 말이 있잖아요.

나: 네, 저도 선생님처럼 멋진 사랑을 하고 싶어요. 정말 잘 들었습니다.

★ **그가 추천하는 사랑에 관한 말**

진정한 사랑은 언제나 자신을 넘어서
타인을 생각하는 것이다.

- 레오 톨스토이 -

사랑은 가장 강한 힘이다. 그러나 그것은 가장 겸손하다.

- 마하트마 간디 -

사랑은 받는 것이 아니라, 주는 것이다.

- 에리히 프롬 -

내 안의 별을 깨우는 오디션 도전하기

그의 첫 번째 삶의 그림 이야기를 듣고 난 후 내 가슴은 요동치기 시작했다. 내 안에 잠들어 있던 연애 세포가 살아나는 기분이었다. 늘 일상에 쫓기고 돈에 쫓겨서 연애는 나중으로 미뤄두고 있었는데, 이제는 나도 사랑이 하고 싶어졌다.

그처럼 멋진 사랑을 말이다.

그의 두 번째 이야기를 듣기 위해 퇴근길에 그의 집에 들렀다.

나: 안녕하세요? 선생님, 저 왔습니다.

그: 어서 오세요. 기다리고 있었어요.

나: 제가 올 거라는 걸 알고 계셨어요?

그: 그렇습니다. 일 끝나자마자 올 것이라 예측하고 있었

지요.

그는 웃으며 이야기했다.

나: 일하면서 온종일 선생님의 두 번째 삶의 그림이 궁금했어요.

그: 시장하실 텐데 식사 후, 이야기하는 게 어떨까요?

나: 아. 선생님, 아직 식사를 하지 않으셨군요?

그: 아뇨. 저는 저녁을 먹었습니다.

나: 그럼, 전 괜찮습니다. 빨리 선생님의 두 번째 삶의 그림에 대해 듣고 싶어요.

그: 알겠습니다. 그럼, 저의 두 번째 삶의 그림을 말해 드릴게요. 혹시 K-POP 스타라는 오디션 프로그램 본 적 있어요?

나: 당연히 봤죠. 대한민국에 그 방송을 모르는 사람이 어디 있겠어요. 근데 갑자기 그건 왜 물으시는 거죠?

그: 그게 제가 노트에 적은 두 번째 리스트였어요.

나: 네? 그게 무슨 말씀이신지?

나는 놀라며 물었다.

그: 바로, 오디션 프로그램에 도전하는 것이었죠.

나: 와~ 선생님 정말 생각지도 못한 걸 하셨네요. 어떻게 오디션 프로그램에 참가할 생각을 하셨어요?

그: 5년 전으로 기억되는데, 아내와 TV를 보고 있는데, K-POP 스타 오디션 참가자를 모집한다는 광고를 하더군

요. 아내가 장난 섞인 말로 한번 나가보라는 거예요. 처음에는 나갈 엄두가 나지 않았어요. 삶 리스트에 적어놓긴 했지만, 오디션 프로그램 나갈 만큼 제가 노래를 잘 부르는 건 아니었거든요. 막상 나가려고 하니 두려움이 몰려오더군요. 하지만, 한편으론 재미있을 것 같다는 생각도 들었어요. 훗날 자녀들에게 아빠가 K-POP 스타 오디션에 나갔었다고 얘기하면 애들이 얼마나 신기해 하겠어요.

나: 그렇겠죠. 선생님의 얘기를 듣고 있는 저도 이렇게 신기한걸요.

그: 잠시 고민하다가 저는 오디션에 참가하기로 결정했어요. 오디션 참가하는 데 돈이 들어가는 것도 아니고, 저에게 돌아오는 최대의 피해라고 해봤자 잠시 부끄러운 게 다잖아요. 또 한 번 용기를 내어 본 거지요. 그리고 바로 인터넷으로 참가신청서를 다운받아서 작성했어요. 참가하게 된 계기, 부를 노래, 좋아하는 가수, 관심 있는 소속사, 우승상금으로 무엇을 할 건지에 대한 질문이 몇 개 있었던 거 같아요. 1차 예선은 전화로 진행되었는데, 저는 아내가 가장 좋아하는 노래인 '너무 아픈 사랑은 사랑이 아니었음을'을 불렀어요. 며칠 뒤 K-POP 스타 작가님에게 전화가 왔어요. 1차 합격했다고 말이죠.

나: 우와~ 선생님 대단해요.

그: 2차는 지역예선인데 한달 후, 부산에서 가장 큰 실내 체육관에서 열린다며, 지역 예선 때 악기 사용할 거면 들고 오라고 하더군요. 하지만 저는 다룰 줄 아는 악기가 하나도 없었어요. 그때 기타를 배워 놓지 않은 게 얼마나 후회가 되던지.

나: K-POP 스타 보면 기타 치면서 노래하는 사람들이 많았던 것 같아요.

그: 맞아요. 지역 예선까지는 한 달 정도의 시간이 있었어요. 우선 어떤 노래를 불러야 할지에 대해 고민을 했어요. 고심 끝에 김광석 님의 '서른 즈음에'로 정했어요.

나: 서른 즈음에요? 저희 아버지가 가장 좋아하는 노래에요.

그: 아 그래요? 그 노래가 가사도 좋으면서 편하게 부를 수 있는 노래거든요. 그 곡으로 정하고 한 달간 맹연습을 했어요. 틈만 나면 그 노래를 불렀어요. 계속 부르다 보니 노래실력이 점점 늘면서 자신감이 생기더군요. '한번 해볼 만한데'라는 생각이 들더라고요. 드디어 지역 예선 당일이 되었죠. 전장에 나가는 장수처럼 비장한 마음으로 2차 오디션 장소인 실내체육관으로 갔어요.

나: 당연히 아내분도 같이 가셨겠네요?

그: 아뇨, 혼자 갔어요. 아내가 있으면 부담스러울 것 같

아서 말이에요. 예선 장소에 도착하니 굉장히 많은 사람들이 참가했더군요. K-POP 스타 오디션이라는 대형 현수막이 군데군데 걸려 있고, 지난 대회 우승자들 사진도 있었어요. TV에서 보던 광경이 내 눈앞에 있으니 신기했어요. 노래 부를 순서가 적힌 참가 번호표를 상의에 붙인 후, 실내체육관 안으로 들어가니 A~J까지 10개의 부스가 있었는데 본인이 해당되는 부스 앞에서 기다렸다가 순서가 되면 들어가는 시스템이었어요.

나: 몇년이나 지난 일을 아직까지 또렷하게 기억하고 계시네요.

그: 제 번호는 F-84였죠. 기다리는 동안 주위를 둘러보니 저 보다 나이 많은 참가자는 없는 것 같더군요. 제 나이 또래의 사람들이 몇몇 보이긴 했는데 그들은 어린 참가자의 부모님들이었어요.

나: 맞아요. K-POP 스타 참가자 중 30대는 못 본 거 같아요.

그: 나이도 나이지만, 더 심각한 문제는 참가자 중 저보다 노래를 못하는 사람이 한 명도 없었어요. 천장이 훤하게 뚫린 오픈된 부스에서 진행하다 보니, 밖에까지 노랫소리가 다 들리는데, 어쩜 하나같이 그렇게 노래를 잘하는지. 정말 저와는 급이 다르더군요. 레벨 자체가 다른 거예요. 그냥 집

으로 돌아가고 싶은 마음이 들더군요. 거기서 제가 합격할 가능성은 제로였어요. 괜히 창피만 당할 게 뻔했지요. 그래서 도망치듯 밖으로 나와 버렸어요.

나: 저라도 그랬을 것 같아요.

그: 그런데, 막상 집으로 돌아가려니 제 꼴이 우습더라고요. 아내 얼굴은 어떻게 볼 것이며, 한 달 동안 연습한 걸 써먹어 보지도 않고 도망치듯 이 상황을 끝내버리려는 제 자신이 부끄럽더군요.

나: 그래서 어떻게 하셨어요?

그: 저는 다시 용기를 내어 실내체육관 안으로 들어가 차례를 기다렸어요. 드디어 제 차례가 되어 부스 안으로 들어가니, 앞에는 두 명의 작가와 담당 PD가 앉아 있었고, 카메라로 촬영도 하고 있었어요. 다리는 물론이고 입술까지 파르르 떨리더군요. 제 평생 그렇게 긴장한 적은 없었던 것 같아요. 겨우겨우 마음을 추스르고 노래를 불렀어요.

나: 우와~ 그래도 결국엔 노래까지 불렀네요.

그: 그 순간이 어떻게 지나갔는지 기억도 안 나요.

나: 결과는 어떻게 되셨어요?

그: 뭘 당연한 걸 물으세요. 당연히 떨어졌지요. 하지만 정말 좋은 경험이었어요. 그날 이후로 전 웬만해서는 긴장을 하지 않게 되었어요.

나: 와~ 정말 대단하다는 말밖에 나오지 않네요.

그: 대단하긴요. 전 그저 작은 용기를 내었을 뿐인걸요. 결국엔 하고 안하고의 차이예요. 대부분의 사람들이 생각만 하고 행동은 하지 않아요. 생각만 해서는 얻는 게 아무것도 없어요. 콩을 심어야 콩이 날것 아닌가요. 바다만 바라보고 있다고 물고기를 낚을 수 있나요? 낚싯대를 바다에 던져야 물고기를 낚을 수 있는 것이죠.

★ **그가 추천하는 도전에 관한 말**

성공은 실패 후에 오는 것이다. 끊임없이 도전하고 실패하는 것이 곧 성공으로 가는 길이다.

- 윌 스미스 -

당신이 실패를 경험하지 않는다면 당신은 아무것도 배우지 못한다. 실패는 성공을 위한 가장 큰 자산이다.

- 오프라 윈프리 -

나는 내 인생에서 9,000번 이상의 슛을 놓쳤고, 300경기에서 졌다. 26번이나 결정적인 순간에 게임을 끝 낼 기회를 잡았지만 실패했다. 나는 계속해서 실패해 왔고, 그것이 내가 성공한 이유다.

- 마이클 조던 -

누군가의 꿈을 지원하는 후원자 되어보기

아무리 생각해도 그날 공원에서 그를 만난 건 내 인생에서 아주 큰 행운이다. 그로 인해 나도 용기가 조금씩 생기기 시작했다. 빨리 그를 만나고 싶다. 빨리 그의 다음 이야기를 듣고 싶다.

나: 안녕하세요~ 선생님.

그: 그래요. 어서 오세요.

나: 오늘은 어떤 이야기를 들려주실 건가요?

그: 오늘 들려 줄 이야기는 미래를 밝히는 작은 후원에 관한 이야기에요.

나: 후원요?

그: 혹시, 생리대 살 돈이 없어 신발 깔창을 생리대 대신

사용한 소녀의 이야기를 들은 적 있나요?

나: 아뇨. 처음 듣는 얘기입니다.

그: 그 이야기를 듣고 너무 마음이 아프더군요. 그런데 생리대 살 돈이 부족해서 어려움을 겪고 있는 소녀들이 너무 많다는 사실에 놀랐어요. 저는 그 소녀들을 후원하기로 결심했어요. 사실 그때 저의 형편도 그리 넉넉한 편은 아니었어요. 아내에게 그 이야기를 해주었더니 자기도 후원자가 되겠다며 흔쾌히 허락해 주더군요. 그날 이후 우린 굿네이버스라는 후원단체의 정기 후원자가 되었지요.

나: 굿네이버스요? 처음 들어 봐요.

그: 그럴 만도 하지요. 저도 후원을 하기 전까지는 몰랐었거든요.

나: 정기 후원자는 무엇인가요?

그: 말 그대로 매달 일정 금액을 후원하는 거예요.

나: 매달요? 한번이 아니라 매달 기부를 하는 거예요?

그: 맞아요.

나: 그런데, 얼굴도 모르는 사람을 위해 매달 기부를 하는 건 쉽지 않은 결정인 것 같아요. 솔직히 돈 아깝다는 생각도 좀 들고요. 그 돈이면 예쁜 옷을 살 수 있고, 맛있는 음식을 사 먹을 수도 있고, 여행도 갈 수 있잖아요.

그: 그렇게 생각할 수도 있겠지만, 그건 기부를 안 해봐

서 그런 생각이 드는 거예요. 나누는 기쁨이 얼마나 큰지 몰라요. 제가 조금만 나누어 주면 누군가에겐 아주 큰 힘이 된다는 생각에 뿌듯하면서 기분이 좋아져요. 요즘엔 재능기부도 많이 하더군요. 집안 형편이 어려워 학원에 다니기 힘든 가정을 찾아가서 영어를 가르쳐 주거나, 그림 그리기를 가르쳐 주고, 책을 읽어주는 사람들도 있어요. 저와 아내도 가끔 공부를 가르쳐 주러 가는데 애들의 좋아하는 모습을 보고 있으면 우리가 더 행복해지더라고요. 기부를 함으로써 우리가 얻는 게 더 많은 거죠.

나: 선생님 말씀을 들으니 저도 누군가의 후원자가 되어 보고 싶어지네요.

그: 후원자라고 해서 너무 거창한 무언가를 생각하지 않아도 되요. 그냥 본인의 현재 상황에 맞게 하면 되는 거예요. 중요한 것은 우리들의 따뜻한 마음입니다. 현재 우리 가족은 굿네이버스 뿐만 아니라 초록우산 어린이재단, 유니세프까지 후원하고 있어요. 이렇게 남을 도울 수 있어서 얼마나 기쁜지 몰라요.

나: 선생님, 저도 정기 후원자가 되고 싶어요.

그: 역시 멋진 청년이군요. 제가 사람을 제대로 봤군요. 고맙습니다.

나: 고맙긴요. 오히려 제가 감사하죠.

★ **그가 추천하는 나눔에 관한 말**

부자들이 가진 부는 사실 그들에게 잠시 맡겨진 것이다.
사회를 위해 다시 돌려주는 것이 그들의 책임이다.

– 워렌 버핏 –

우리가 하는 일은 큰 바다의 물 한 방울에 불과하지만,
그 한 방울이 없다면 바다는 그만큼 줄어들 것이다.

– 마더 테레사 –

죽을 때 부자로 죽는다는 건 수치스러운 일이다.

– 앤드류 카네기 –

하루의 시작은 독서로 하기

어제 그의 이야기를 듣고 집으로 돌아오자마자 컴퓨터를 켰다. 굿네이버스와 초록우산에 가입하여 매달 1만 원씩 기부하는 정기후원자로 등록하였다. 큰돈은 아니지만 나도 누군가에게 도움이 된다는 사실이 너무 자랑스러웠다. 진정한 만 원의 행복이다. 오늘도 어김없이 그를 찾아갔다.

나: 선생님, 저도 이제 굿네이버스와 초록우산의 정기후원자가 되었어요.

그: 오~ 정말 대단해요. 이렇게 빨리 실행에 옮기다니 말이에요.

나: 선생님 말씀대로 작은 용기를 내었어요. 남을 돕겠다는 작은 용기 말이에요. 하하하.

그: 잘했어요. 정말 잘했어요. 그럼 오늘은 독서의 중요성에 관해 이야기 해 줄게요. 우리가 처음 만났던 날 제가 한 말 기억해요? 저를 변화시킨 것이 바로 책이었다는 말이요.

나: 네. 기억나요.

그: 1년에 책을 몇 권 정도 읽으세요?

나: 음…… 솔직히 책을 마지막으로 읽어본 적이 언제인지도 모르겠습니다.

그: 그럼 다시 물을게요. 왜 책을 읽지 않죠?

나: 음…… 글쎄요…… 바빠서 책을 읽을 시간이 없어요. 회사 업무도 많고, 친구들도 만나야 하고, 영어 공부도 해야 하고, 컴퓨터 자격증도 따야 하고, 해야 할 일이 너무 많아요.

그: 결국엔 시간이 없어서 책을 못 읽는 거군요.

나: 말하자면 그런 셈이죠.

그: 대부분의 사람들이 그렇게 이야기를 하지요. 하지만 그건 말이 안 되는 핑계일 뿐이에요. 시간이 없는 게 아니라, 책의 소중함을 모르기 때문이에요. 중요도에서 책은 늘 뒤에 있는 거예요. 우선순위에서 책은 늘 후순위인 거죠. 이런 생각을 바꿔야만 합니다. 독서를 최우선 순위로 두어야 해요. 책을 읽으면 인생이 달라지고 사회적으로 인정받고

경제적인 풍요도 이룰 수 있어요. 제가 책을 좋아하는 가장 큰 이유는 책은 거짓말을 하지 않는다는 거예요. 사람들과 대화를 하다 보면 잘 모르는 것을 마치 아는 것처럼 이야기하고 틀린 것을 맞다고 우기는 경우가 많아요. 하지만 책은 언제나 진실만을 이야기하지요. 그리고 책은 가격 대비 성능이 엄청나게 좋은 자기 계발이죠. 책을 한 권 써내기 위해 작가는 자신의 모든 지식과 지혜, 경험을 다 쏟아냅니다. 우리는 단돈 15,000원으로 그 사람의 생각을 들을 수 있고, 간접적인 경험을 접하게 되는 거죠. 독서에 관한 재미난 일화 하나를 이야기해 줄게요.

나: 재미난 일화요?

그: 하루라도 책을 읽지 않으면 입안에 가시가 돋는다는 말 들어 보셨죠?

나: 네. 안중근 의사가 한 말이잖아요.

그: 맞아요. 대한제국 침탈의 상징적 인물이며, 일본의 군국주의를 주도했고, 우리 민족에게는 침략의 원흉이라고 볼 수 있는 이토 히로부미를 사살했다는 죄목으로, 사형장으로 가게 된 안중근 의사에게, 재판관이 마지막으로 할 말이 있냐고 물었더니 안중근 의사는 이렇게 말했어요. "저에게 5분만 시간을 주십시오. 아직 다 읽지 못한 책이 있습니다."라고 말이죠.

나: 죽음을 눈앞에 둔 상황에서 그런 말을 하다니 정말 존경스럽네요.

그: 소름 돋게 멋진 말이죠. 그만큼 안중근 의사는 독서에 진심이었어요. 하루도 독서를 게을리하지 않았고, 독서를 통해 세상의 흐름을 파악하고 사물의 이치를 깨달았어요. 책을 읽었기에 원대한 꿈을 품고 나라의 운명을 개척하겠다는 결심을 하게 되었죠. 자신의 목숨을 버리면서까지 나라를 위해 희생하였기 때문에 그는 아직까지 우리들에게 영웅으로 회자되고 있는 것이죠. 안중근 의사는 많은 유묵을 남겼는데 제가 좋아하는 유묵 몇 가지만 이야기해 줄게요.

★ **안중근 의사 유묵**

하루하루를 헛되이 보내지 마라. 청춘은 두 번 다시 오지 않는다.

해마다 꽃은 서로 비슷하나, 해마다 사람은 같지 않다.

멀리 앞을 내다보지 않으면, 큰일을 이루기 어렵다.

가난하되 아첨하지 않고 부유하되 교만하지 말라.

황금 백만 냥도 자식 하나 가르치는 것만 못하다.

나: 선생님, 저도 이제부터 독서를 시작해야겠어요. 독서를 잘 할 수 있는 방법 좀 가르쳐 주세요.

그: 우선 마음가짐부터 바꿔야 해요. 모든 일을 완벽하게 마무리한 후 여유가 생기면 책을 읽겠다는 그런 마음으로는 안 돼요. 모든 일에서 항상 독서를 최우선으로 생각하는 거예요. 하루도 빠지지 않고 책을 읽겠다는 마음이 필요해요. 독서도 습관이라고 할 수 있어요. 매일 10분이라도 아니 한 줄이라도 꼭 읽겠다는 그런 마음가짐이 중요해요. 우리가 아무리 바빠도 세수를 하고 밥도 먹고, 화장실도 가잖아요. 하루 24시간 1,440분 중에서 10분만 독서에 투자하면 되는 거란 말이죠.

나: 출퇴근 시간에 지하철에서 스마트폰 만지작거리는 시간만 잘 활용해도 하루 1시간은 책을 읽을 수 있겠네요.

그: 바로 그거에요. 사실 우리가 바쁘게 살아가지만 아무 쓸모없이 버려지는 시간이 꽤 많다는 사실이에요. 시간이 곧 돈인데, 돈을 길바닥에 마구 버리고 있는 것이죠. 매일 독서를 하겠다는 마음가짐이 장착되었다면 재미있게 독서 할 수 있는 방법을 몇 가지 알려줄게요.

첫 번째 방법은 SNS를 활용하는 방법이에요. 저는 책 한 권을 다 읽고 나면 책 앞표지와 뒤표지, 그리고 읽었던 내용 중에 좋았던 문구들을 인스타그램에 올려요. 그렇게 함으로

써 그 책의 내용을 다시 한번 떠올릴 수 있고, 보고 싶을 때 핸드폰만 꺼내면 내가 올려놓았던 그 문구들을 볼 수 있어서 좋아요.

사람들이 인스타그램에 일상의 사진을 올리는 것은 본인의 생활을 자랑하고 싶어 하는 마음이 있어서인데, 저는 책 관련 사진을 올림으로써, 매일 책을 읽는 사람이라고 자랑을 하는 거예요. 이게 은근히 재미가 있어요. 삶에 작은 활력소가 되어 주기도 하고 말이죠. 또한 좋은 문구를 팔로워들과 함께 공유함으로써 작은 도움도 줄 수 있지요.

나: 와~ 정말 좋은 아이디어인 것 같아요. 저는 지금껏 여행 사진이나, 음식 사진만 올렸었는데 이제부터는 책 내용도 올려야겠어요.

그: 두 번째 방법은 서점을 잘 활용하는 거예요. 교보문고에 가면 저절로 책이 읽고 싶어져요. 인테리어도 깔끔하고 무료로 책을 읽을 수 있는 공간이 많아서 보고 싶은 책을 골라서 읽으면 되죠. 하루 종일 거기서 책을 읽고 있어도 아무도 뭐라고 하지 않아요. 그러다 조금 지겨워지면 서점 안 카페에서 커피도 한 잔하고 말이죠. 그리고 서점에는 남자보단 여자가 많아요. 혹시 알아요? 운명적인 여성분을 서점에서 만날지 말이에요.

나: 와~ 선생님 말씀 들으니, 서점이야말로 지상낙원이

네요.

그: 세 번째 방법은 책을 더럽히면서 읽는 거예요.

나: 책을 더럽히면서 읽으라고요? 책은 깨끗하게 소중히 다뤄야 하는 거 아닌가요?

나는 의아해하며 물었다.

그: 사람마다 책 읽는 방법이 제각각이겠지만. 저의 경험으로는 책을 더럽히면 더럽힐수록 기억에 오래 남더군요. 좋은 글귀를 발견하면 밑줄을 긋고, 빈자리에 저의 생각을 적어 놓고, 책 귀퉁이를 접고 함으로써 저의 흔적을 남기는 것이지요. 그렇게 하면 나중에 시간이 지나고 다시 그 책을 꺼내 봤을 때 그때의 기억이 되살아나거든요.

나: 아~ 그렇군요. 선생님, 저 지금 책이 너무 읽고 싶어졌어요. 지금 당장 집으로 가서 책을 읽어야겠어요.

★ **그가 추천하는 독서에 관한 말**

책을 읽지 않는 사람은 책을 읽을 수 없는 사람과 다를 바 없다.
- 마크 트웨인 -

나는 책을 읽는 것 외에는 다른 특별한 재능이 없다.
- 알버트 아인슈타인 -

나는 책에 의해 만들어졌다.

- 에이브러햄 링컨 -

등 뒤에서 비난하지 않기

10여 년 만에 책 한 권을 끝까지 다 읽었다. 중학생 시절 병원에 입원했을 당시 너무 심심해서 엄마가 책을 몇 권 가지고 왔을 때 읽은 후 처음인 것 같다. 그가 가르쳐 준 방법대로 좋은 글귀가 있으면 밑줄도 긋고, 여백에 메모도 하고, 다 읽은 후에는 책 앞면과 뒷면의 표지를 사진을 찍고, 좋은 글귀를 인스타그램에 올렸다.

평소보다 더 많은 '좋아요'를 받았고 댓글도 많이 달렸다. 허세스타그램이 아닌 독서스타그램이 된 것이다. 무언가 아주 큰 일을 해낸 기분이었다. 고작 한 권의 책을 읽었을 뿐인데 이런 느낌이라니. 그의 말대로 책은 위대했다. 나도 매일 책을 읽기로 결심했다.

그: 오늘은 얼굴이 밝지가 않은데 무슨 일 있나요?

나: 네. 오늘 회사에서 팀장님에게 혼났습니다.

그: 아. 그랬군요.

나: 그런데 아무리 생각해도 제 잘못이 아니라 팀장님이 잘못한 건데 저한테 뭐라고 하니 너무 화가 나요. 직장 상사라서 대들지는 못하고, 입사 동기에게 팀장님 험담만 실컷 하다 왔어요.

그: 그럼. 오늘은 뒷담화에 대한 이야기를 해야겠군요.

나: 뒷담화요? 험담에 관한 이야기시죠?

그: 그래요. 저는 남의 욕을 하지 않기로 결심했어요.

나: 그럼 선생님은 단 한 번도 남을 욕한 적이 없으세요?

그: 예전엔 저도 남의 탓을 많이 하고 뒤에서 험담도 많이 했어요. 하지만 뒷담화를 하지 않겠다는 결심을 한 후로는 단 한 번도 뒷담화를 한 적이 없어요.

나: 어떻게 그럴 수가 있어요? 이 각박한 세상을 살면서 어떻게 남을 욕하지 않을 수가 있어요?

그: 마음에 들지 않는 상대가 있다면 아예 상대를 하지 않거나 그의 앞에서 당당하게 이야기를 해요. 이러이러한 부분이 마음에 들지 않는다고 말이에요.

나: 하지만 그렇게 하면 상대방의 기분을 상하게 해서 결국엔 선생님도 미움받지 않나요?

그: 그래도 당사자 앞에서 이야기하는 편이 뒤에서 험담하는 것보다는 좋은 방법이에요. 뒷담화는 아무 해결책이 되지 못하고 결국엔 좋지 않은 결과로 돌아오게 되어 있어요.

나: 저희 팀원들도 점심시간이나, 저녁 회식 자리에서는 선배와 상사들 험담을 자주 하는 편인데 그렇게 험담을 하고 나면 속이 시원해지고 대화 상대와 같은 편이라는 느낌을 받게 되어 더 친해지는 것 같은데요?

그: 그건 아주 일시적인 스트레스 해소 방법일 뿐이에요. 갈증이 난다고 해서 바닷물을 마시는 것과 같아요. 결국엔 달라지는 건 아무것도 없어요. 욕을 듣는 상대방은 무엇을 잘못하고 있는지 전혀 모른단 말이죠.

나: 아. 그렇군요.

그: 그리고 내가 한 험담은 부메랑이 되어서 돌아온다는 거에요. 결국엔 상대방의 귀에 들어가게 되어있어요. 그때는 굉장히 좋지 않은 상황이 되어 버리지요. 상대방이 알게 되었을 때는 내가 한 말이 많이 부풀려져서 하지 않은 말까지 한 게 되어 버리지요. 정말 최악의 상황이에요.

나: 정말 생각만 해도 끔찍하네요. 저희 팀장님이 제가 한 욕을 알게 된다면요.

그: 세상에 비밀은 없더라고요. '낮말은 새가 듣고 밤말

은 쥐가 듣는다'는 옛말도 있잖아요. 말은 언젠가 새어 나가기 마련이니 말을 조심하고 가려서 해야 되요. 뒷담화가 주는 일시적이고 달콤한 쾌락이 나의 성공을 가로막는 방해물이 될 수 있다는 사실을 항상 염두에 두어야 해요.

그: 네, 명심해야겠네요.

★ **그가 추천하는 뒷담화에 관한 말**

뒷담화는 종이비행기처럼, 끝이 어딘지 알 수 없다.

- 윌 로저스 -

다른 사람들에 대해 이야기하는 사람은 다른 주제가 없기 때문이다.

- 헨리 토마스 벅스턴 -

나는 절대 뒷담화를 하지 않으며, 뒷담화 하는 자와 동행하지 않는다.

- 조지 워싱턴 -

외국어 하나쯤은 유창하게 말하기

그: 혹시 할 수 있는 외국어 있어요?

나: 네? 외국어요? 회사 입사하기 전에 토익시험은 여러 번 쳤죠. 점수도 꽤 높았고요.

그: 그럼 회화도 가능해요?

나: 음…… 회화는 무리에요. 간단한 자기소개 정도는 가능하겠네요.

그: 우리나라 사람들 대부분이 비슷한 증상을 보이는 것 같아요. 학창 시절 동안 줄곧 영어를 배워왔고, 토익시험 고득점자조차도 영어로 한마디를 제대로 못 한다는 거예요. 다른 나라의 언어를 배우는 가장 큰 목적은 대화를 하기 위함인데, 우리는 점수로 서열을 매기는 잣대로의 기능이 가장 크죠. 언어를 배우는 게 아니라 시험문제 답을 찾아내는

방법을 배우는 것이죠. 참으로 안타까운 생각이 들어요. 하긴 저도 예전에는 그랬었으니까요.

나: '그랬었으니까'라는 말은 현재는 그렇지 않다는 거잖아요?

그: 전 지금 일본어와 영어를 한국어처럼 자연스럽게 말할 수 있어요.

나: 일본어와 영어로 대화가 가능하다고요?

그: 맞아요. 몇 년 전 일이에요. 아내와 같이 자원봉사를 갔는데, 거기에는 한국인뿐만 아니라 외국인들도 많이 참여했었어요. 그러다 보니 서로 대화가 잘 통하지 않아서 약간의 문제점이 있었는데, 그중 한 사람이 영어와 일본어를 굉장히 잘하는 거예요. 그 사람은 한국 사람이었는데 말이죠. 그가 우리에게는 한국말을 했다가 영어권 사람들에게는 영어를 했다가, 일본인에게는 일본어로 통역을 해주는데, 정말 신기하더군. 남자인 제가 봐도 멋있더라고요. 그때 결심했어요. 저도 외국어 하나쯤은 잘하고 싶다고 말이죠. 그다음 날 바로 서점에 가서 일본어 기초 책을 샀어요.

나: 선생님은 참 실행이 빠르시네요. 근데 왜 영어가 아니라 일본어부터 시작하셨어요?

그: 영어보다는 전혀 새로운 외국어를 하고 싶었어요. 그리고 제가 일본 드라마와 애니메이션을 좋아하는데 그걸 자

막 없이 보면 멋질 거라는 생각이 들더라고요.

그런데 시작부터 만만치가 않더군요. 히라가나와 가타카나를 외우는 데 너무 외워지지 않는 거예요. 영어로 치면 알파벳을 외우는 단계였죠. 처음 보는 이상하게 생긴 글자들이 너무도 낯설었어요. 그것을 외우는데 한 달 정도 걸렸던 거 같아요. 혼자서 남의 나라말을 공부하는 것은 무리라는 생각에 일본어 학원을 등록 했어요.

나: 회사 다니면서 학원을 다니는 게 가능해요?

그: 왜 불가능하다고 생각해요? 회사 마치고 가도 되고, 아니면 새벽반을 등록하면 되는데요.

나: 그렇긴 하지만 하루 종일 회사 업무에 시달리고 스트레스 받아 힘든데, 퇴근 후에 바로 학원을 간다는 게 힘들잖아요. 그리고 새벽반은 너무 일찍 일어나야 하고요.

그: 그렇게 생각하면 아무런 발전이 없어요. 회사에서 주어진 일만 하다가 늙어 갈 뿐이지요. 그러다 회사에서 쓰임이 다하면 버려지는 것이죠. 이 세상은 냉정해요. 회사에 도움이 되지 않는 사람에게 왜 돈을 주겠어요. 그렇게 버려지지 않기 위해서라도 우리는 평소에 자기 계발을 꾸준히 해야만 하죠.

나: 쓰임이 다하면 버려진다…… 참 씁쓸하네요.

그: 냉정하게 들리지만 그게 지금 우리의 현실이에요. 본

인이 사장이라면 회사에 아무런 도움이 안 되는 사람에게 월급을 주고 싶겠어요?

나: 선생님 말씀을 들으니 정신이 번쩍 드는 것 같아요.

그: 외국어 하나만 제대로 해도 회사에서 버려질 일은 없을 거예요. 외국어라는 게 하루 이틀 밤새워서 공부한다고 잘할 수 있는 게 아니거든요. 꾸준히 오랜 기간 지속적인 노력을 기울여야만 잘 할 수 있게 되기 때문에 외국어를 유창하게 말하는 사람은 오랜 기간 묵묵히 노력해 왔다고 볼 수 있지요. 그런 사람의 노고를 회사가 인정해 주는 것이지요.

나: 아~ 그렇군요.

그: 저 또한 일본어와 영어를 지금처럼 유창하게 하기 위해서 정말 많은 시간을 투자했어요. 언어라는 게 시간이 지날수록 꾸준히 실력이 느는 것이 아니라, 어느 시점에 다다르게 되면 아무리 공부를 해도 실력이 늘지 않는 시기가 있는데, 그것을 극복하기 위해서는 더 많은 노력이 필요하지요. 그렇게 몇 년 고생했더니 이제는 자막 없이도 일본 드라마와 애니메이션을 볼 수 있어서 배우들의 표정 연기를 더 잘 볼 수 있게 되었지요.

예전에는 자막 읽느라고 배우들의 표정을 놓칠 때가 많았거든요. 그리고 무엇보다 좋은 점은 일본어와 영어 덕분에 동기들보다 진급도 빨리했다는 것이지요.

나: 선생님, 정말 대단하세요.

★ **그가 추천하는 언어에 관한 말**

인생에서 중요한 것은 소통이다. 언어는 그 소통을 가능하게 해주는 다리다.

- 찰리 채플린 -

새로운 언어를 배우는 사람은 새로운 세계를 얻는다.

- 요한 볼트강 폰 괴테 -

한 언어만 아는 사람은 한 개의 눈으로만 보는 것과 같다.
두 언어를 아는 사람은 두 개의 눈으로 세상을 보는 것이다.

- 프랭크 스미스 -

내 이름으로 된 책 출간하기

그: 어느 날 서점에서 책을 고르고 있는데 문득 이런 생각이 들더군요. '여기, 이 많은 책 중에 내가 쓴 책이 있으면 얼마나 좋을까.'라는 생각 말이에요. 늘 책을 읽기만 했지, 써보겠다는 생각은 한 번도 한 적이 없었는데. 그날 갑자기 그런 생각이 들더군요.

나: 와~ 책을 쓴다고요? 그럼, 작가가 되는 거잖아요.

그: 그렇죠. 작가가 되는 거죠.

나: 선생님 성격상 바로 책 쓰기에 돌입하셨겠군요.

그: 맞아요. 서점에 제가 쓴 책이 진열되어 있는 모습을 상상해 보았어요. 상상만으로도 너무 좋은 거예요. 온몸에 전율이 흐르더군요. 부모님과 아내가 얼마나 좋아할 것이며, 친구들도 깜짝 놀라겠지요. 그리고 훗날 내 딸이 커서

내가 쓴 책을 읽고 있는 모습을 상상하니 정말 행복하더군요.

나: 정말 멋질 것 같아요. 하지만 책을 쓴다는 건 너무 막막한 일인 것 같아요. 학교에서는 배운 적도 없고, 주위에 아는 작가도 없다면요.

그: 맞아요. 처음엔 정말 막막하더라고요. 그래서 우선 인터넷으로 책 쓰는 방법을 검색해 봤어요. 책 쓰기를 가르쳐 주는 학원이 있더라고요. 그런데 가격이 너무 터무니없이 비싼 거예요. 하루 두 시간씩 6주~8주 정도 코치 해주는데 수강료가 턱없이 비싸더군요. 어떤 곳은 천만 원이 넘더라고요.

나: 천만 원요? 그건 너무 비싸네요.

그: 그래서, 저는 혼자 책을 써보기로 했어요. 서점에 가서 책 쓰기 관련 책을 20권 사서 정독을 했어요.

나: 아~ 책 쓰기 관련 책들도 있나 보네요.

그: 네. 20권 정도 읽고 나니 대충 어떻게 책을 써야 할지 감이 오더군요. 가장 먼저 할 일은 주제를 정하는 거였어요. 어떤 주제로 이야기할 것인가를 가장 먼저 고민했어요.

나: 그래서 주제는 뭐로 하셨어요?

그: 자원봉사를 하며 우리 주위에 어렵고 힘든 사람이 너무 많다는 걸 알게 되었지요. 그래서 저는 그들에게 희망을

줄 수 있는 책을 쓰기로 했어요.

나: 오~~ 희망을 주제로 하셨네요.

그: 주제를 정하고 노트북을 켠 후, 워드를 열었는데 도무지 어떻게 시작을 해야 할지 막막하더군요. 커서는 계속해서 깜빡거리고 있는데 말이죠. 결국 첫날에는 한 글자도 쓰지 못하고 노트북을 덮어 버렸어요.

나: 선생님은 평소에 책을 많이 읽어왔기 때문에 그렇게 어려울 것 같지는 않은데요?

그: 그게 책을 읽는 것과 쓰는 것은 많은 차이가 있더군요. 이미 다 쓰여 있는 글을 읽는 것과 아무것도 없는 빈 공간에 글을 써넣는 것은 차원이 다른 문제였어요. 정말 작가가 대단해 보이더군요. 마음을 추스르고 다음 날 다시 노트북을 열었어요.

나: 심기일전한 후 다시 시작하셨군요.

그: 네. 헤밍웨이의 '모든 초고는 걸레다.'라는 문구가 저에게 용기를 주었어요. 저는 처음부터 너무 잘 쓰려고 했던 거죠. 그러니 시작도 못 하게 되고 말이에요. 부담 없이 그저 나의 생각과 경험을 써내려 가면 되었는데 말이에요. 그렇게 매일 조금씩 조금씩 글을 써 내려간 결과 1년 만에 드디어 원고를 완성했어요.

나: 우와~ 그럼 바로 책으로 나왔겠네요.

그: 아니에요. 다음으로 할 일은 나의 원고를 책으로 만들어 줄 출판사를 찾는 것이었어요.

나: 출판사는 어떻게 찾으셨어요?

그: 출판사의 주소를 찾는 것은 그리 어렵지 않았어요. 책의 뒤편에 보면 출판사의 이메일 주소가 적혀 있거든요. 전화번호까지 친절하게 적혀 있어요. 저는 그 주소를 보며 여러 출판사에 제 원고를 보냈어요. 간단한 자기소개와 기획 의도를 적어서 말이에요.

나: 아~ 그런 방법이 있었군요.

그: 그런데, 며칠이 지났는데 한군데에서도 연락이 오지 않는 거예요. 혹시 내가 보낸 메일을 확인하지 않았나 하는 마음에 수신확인을 해보니, 모두 읽었더라고요. 그래서 다시 다른 몇 군데의 출판사에 원고를 보냈어요. 그중 두 곳에서 메일이 왔더군요.

나: 오~ 선생님의 원고가 마음에 들었나 보네요.

그: 저도 그런 줄 알고 메일을 열어 보았는데, 두 곳 모두 거절의 메일이었어요. 출판사의 기획 의도와 맞지 않아 출판할 수 없다고 하더군요. 1년간의 노력이 물거품이 될 수도 있겠다 싶더군요.

나: 그렇군요. 원고를 완성했다고 출판사에서 무조건 출간을 해주는 게 아니었군요.

그: 그 메일을 받고, 또 다른 출판사에 원고를 보냈지만 돌아오는 건 거절의 메일뿐이었어요. 계속되는 거절 메일로 인해 조금씩 자신감이 떨어지기 시작할 때 KFC의 창업자 커넬 센더스의 일화가 떠올랐어요. 그는 살면서 수많은 실패를 하였는데, 60이 넘은 나이에 다시 용기를 내어 본인만의 치킨 조리법을 완성하였지요. 그 조리법을 가지고 함께 사업을 할 사람을 찾아다녔지만 1,000번이 넘게 거절을 당하다가 겨우 동업자를 찾아서 지금의 성공을 이루게 된 거죠. 저도 1,000곳의 출판사에 보내보고도 안되면 그때 포기하기로 마음을 먹었어요. 그리고 계속해서 출판사에 원고를 보냈어요. 그러다 99번째 보낸 출판사에서 원고가 마음에 든다고 계약을 하자고 연락이 왔어요. 정말 너무나 기뻤어요.

나: 와~ 결국엔 해내셨군요.

그: 계약금을 받고, 정식으로 계약서를 쓰고 3개월 후에 제가 쓴 책이 세상의 빛을 보게 되었어요. 출간되자마자 아내와 서점으로 달려갔어요. 신간 책 코너에 제가 쓴 책이 진열되어 있는데 정말 감격이었어요. 믿기지 않더군요. 언제나 책을 사기만 했던 서점에 제가 쓴 책이 팔리고 있다는 사실이 말이에요.

나: 정말 감격스러울 것 같아요.

그: 부모님도 정말 기뻐하셨어요. 여태 살면서 부모님이

그렇게 좋아하시는 모습은 처음 본 것 같아요. 평소 무뚝뚝하신 아버지조차 활짝 웃으시며 저에게 고생했고 대견하다고 어깨를 토닥여 주셨어요. 독자에서 저자가 되고 나니, 네이버에 제 책이 검색되어지고, 저의 이름과 사진이 나오고, 제 책을 읽은 독자들에게 감사의 메일을 받고, 좋은 일이 정말 많이 생기더군요. 꾸준히 책을 읽다 보면 책을 써보고 싶을 때가 올 거예요. 그때 저를 찾아오세요. 저의 노하우를 빠짐없이 가르쳐 줄게요.

나: 정말요? 감사합니다. 선생님.

★ **그가 추천하는 글쓰기에 관한 말**

당신의 이야기를 써라. 그 이야기가 반드시 쓰여지길 기다리고 있다.

- 마야 안젤루 -

글을 쓰는 일은 모험이다. 매번 새로운 모험을 떠난다.

- 버지니아 울프 -

완벽한 첫 문장을 쓸 필요는 없다. 그저 나쁜 첫 문장이라도 써라. 그게 시작이다.

- 앤 라모트 -

지혜로운 용서하기

그: 혹시 누군가를 죽도록 미워 해본 적이 있나요?

나: 음…… 네. 있어요.

그: 대부분 그런 경험이 한번은 있을 거예요.

나: 선생님도 그런 경험이 있으신가 보군요.

그: 맞아요. 예전에 다니던 회사의 선배를 죽도록 미워했었어요. 아니 증오했었다는 표현이 더 정확할 듯하네요.

나: 선생님처럼 배려심 많고 차분하신 분이 죽도록 미워한 사람이 있었다는 게 믿기지 않네요. 도대체 어떤 일이 있었길래 그토록 증오하셨어요?

그: 제가 신입사원 때의 일이에요. 그는 저와 나이가 같았는데, 저보다 2년 정도 회사에 먼저 들어온 선배였어요. 그는 회사에서 일을 잘하기로 소문이 나 있었고, 윗사람에

게는 깍듯이 대하고 후배에게는 술도 잘 사줘서 회사에서 평판이 아주 좋은 사람이었지요. 저와 함께 입사한 동기들에게도 인기가 좋았어요.

나: 네? 그렇게 좋은 사람을 왜 죽도록 미워하셨나요?

그: 그가 저에게만 못되게 굴었기 때문이에요.

나: 선생님에게만 그랬다고요?

그: 그래요. 저에게만 말이에요. 업무 중에 모르는 것이 있어 그에게 물어보면 일부러 다른 사람들에게 들리게끔 그런 것도 모르냐며 저를 웃음거리로 만들고, 업무를 가르쳐 주더라도 제가 틀리게끔 함정을 파놓아서 저를 곤란하게 만든 적이 한두 번이 아니었어요. 그리고 저에 대한 험담을 하며 저를 이상한 사람으로 몰아갔어요.

나: 선생님께서 뭔가 그에게 잘못한 것이 있는 게 아니었을까요?

그: 그런데 아무리 생각해도 이유를 모르겠는 거예요. 그래서 그 선배에게 잘 보이려고 온갖 노력을 해보았는데 소용이 없었어요. 그 선배는 저를 싫어하는 게 분명했어요.

나: 거참 이상한 사람이네요.

그: 정말 미칠 노릇이었죠. 지금까지 저에게 그렇게 못되게 대한 사람은 처음이었어요. 가장 힘든 점은 회사 누구에게도 하소연할 수가 없다는 거예요. 모두가 그를 좋아하고

있었으니, 괜히 그에 대해 험담을 하면 오히려 제가 이상한 사람이 될 게 뻔했거든요.

나: 어디 가서 하소연도 못 하고 정말 힘들었겠네요.

그: 하루하루가 너무 힘들었어요. 일요일 밤만 되면 가슴이 먹먹해졌어요. 월요일이 오는 게 정말 싫었어요. 세상에서 가장 나쁜 사람이 누군지 알아요? 그건 바로 나를 싫어하는 사람이에요. 나에게 못되게 대하는 사람 말이에요. 결국 저의 분노가 폭발하여 그 선배와 크게 다투었고, 입사한 지 1년도 되지 않아서 회사를 그만두게 되었죠.

나: 모든 것이 그 선배 때문이었군요.

그: 맞아요. 더 이상 그와 생활하고 싶지 않았어요. 그의 목소리만 들어도 소름이 돋을 정도로 싫었으니까 말이에요. 정말 어렵게 들어간 회사였는데, 그 한 사람 때문에 회사를 그만둔 사실에 너무 화가 났어요. 그가 잘못되길 간절히 바랐어요. 제가 받은 상처만큼 그도 힘들어져야만 한다고 생각했지요.

나: 저라도 그랬을 것 같아요.

그: 그 회사를 그만두고 몇 년 후에 예전 회사 동기에게 연락이 왔어요. 그 선배의 아버지가 돌아가셨는데 같이 가지 않겠냐고 말이에요.

나: 가셨어요?

그: 잠시 망설이다가 가기로 했어요. 그 선배는 보고 싶지 않지만, 고인에 대한 예의라고 생각했어요. 장례식장에 가서 고인에게 절을 하고 옛 동료들과 이야기를 나누고 있는데 그 선배가 저를 밖으로 부르더군요. 아버지 조문 와줘서 너무 고맙고 예전에 못되게 대했던 것에 대해 사과를 하더군요. 정말 너무 미안하다고 말이에요. 그래서 그 선배에게 물어봤어요. 그때 왜 그렇게 저를 싫어했었냐고요.

나: 그 선배가 뭐라고 하던가요?

그: 그 선배는 고등학교 시절 심하게 괴롭힘을 당한 적이 있었는데 그때 자신을 괴롭혔던 친구와 제가 닮았다는 게 이유였어요. 저를 보면 그 친구가 생각이 나서 그랬다는 거예요. 어이가 없기도 했지만, 한편으로는 또 이해가 되더라고요.

나: 그래서 그 선배를 용서해 주었나요?

그: 사실, 그 선배가 사과하지 않았더라도 저는 그 선배를 용서해 줄 생각이었어요.

나: 네? 그건 또 무슨 이야기세요?

그: 독서를 통해 깨달았죠. 누군가에게 나쁜 감정을 가지고 살아가는 건 나에게 더 해가 된다는 사실을 말이죠. 나쁜 마음은 결국 나쁜 행동으로 이어질 것이고, 그렇게 되면 저에게 나쁜 결과가 오겠지요. 용서하지 않으면 본인에게 더

많은 상처가 생기게 되는 사실을 말이죠. 그가 불행해진다고 해서 제가 행복해지는 것도 아니고 말이죠.

★ **그가 추천하는 용서에 관한 말**

용서는 당신이 고통받던 과거의 감옥에서 당신을 풀어주는 열쇠이다.

- 스코트 프첫 -

용서는 나의 적을 친구로 만드는 것이다.

- 에이브러햄 링컨 -

남을 용서하는 것은 그 사람을 위해서가 아니라, 나 자신을 위해서이다.

- 잭 콘필드 -

내 삶을 풍요롭게 하는 관계 맺기

이틀 뒤 나는 그의 집으로 갔다. 그는 손님과 커피를 마시며 대화를 하고 있었다. 평소에도 밝은 얼굴을 하고 있는 그가 오늘따라 더욱 밝은 표정이었다.

그: 오셨어요? 인사하세요. 이 친구는 제 고등학교 동창이에요.

그가 그의 친구를 소개해 주었다. 우리는 서로 인사를 하며 명함을 교환했다. 명함에는 대표라는 직함이 적혀 있었다.

'우와~ 회사의 대표로군. 역시 끼리끼리 어울리는구나.'

짧은 인사를 한 후 그의 친구는 다른 용무가 있다며 자리를 피해 주었다.

그: 좀 전의 그 친구는 저에게 정말 소중한 친구 중 한 명이에요. 그에게 받은 도움을 저는 평생 잊을 수가 없어요. 제가 여기까지 올 수 있었던 원동력이 저 친구라고 해도 과언이 아니죠.

나: 친구분이 선생님을 많이 도와주셨나 봐요?

그: 맞아요. 제가 군대를 제대하고 복학을 준비할 때의 일이에요. 당시 저희집은 아버지의 사업 실패로 굉장히 힘든 시기였어요. 전기요금도 제때 내지 못할 만큼 가난한 시기였죠.

나: 전기요금도 못 낼 만큼요? 선생님에게 그런 과거가 있으리라고는 생각도 못 했어요. 부잣집 아들로 생각했었는데 그런 시절이 있었군요.

그: 그때를 생각하면 정말 끔찍해요. 3평 남짓한 허름한 집에서 가족 4명이 살았어요. 비가 오면 비가 새고, 곰팡이가 집안 곳곳에 가득했지요. 재래식 화장실에 샤워할 공간도 없어서 부엌에서 쪼그리고 앉아 샤워를 했어요.

나: 선생님은 자수성가형이셨군요. 좀 전의 그 친구분에게 어떤 도움을 받으셨나요?

그: 저희 집은 시골이라, 대학교 인근에서 자취를 해야 했는데 그 당시 저희집 형편상 자취방을 구할 처지가 못 되었어요.

그런 저의 어려운 형편을 알고 그 친구가 저에게 자기 집에서 함께 살자고 제안을 했어요. 그렇게 대학교 졸업할 때까지 3년 동안 그 친구 집에서 함께 생활했어요. 돈 한 푼 내지 않고 말이죠.

나: 우와~ 3년 동안 선생님을 재워준 거예요?

그: 돈도 돈이지만 더욱더 고마운 건, 그 친구 혼자 사는 집이 아니라 그의 친누나와 둘이 사는 집에서 저를 3년 동안 재워준 사실이 정말 대단한 거지요.

나: 우와~ 그 친구분 정말 대단하시네요. 친누나와 둘이 사는 집에 다 큰 남자를 데리고 와서 3년 동안이나 같이 생활을 하다니. 저라면 그렇게는 못 했을 것 같아요.

그: 그렇죠. 저라도 그 친구처럼은 못했을 것 같아요. 정말 고마운 친구죠.

나: 역시 술과 친구는 오래될수록 좋은 것 같네요.

그: 음…… 그게 그렇지만은 않아요. 오랜 시간 알고 지냈다고 우정이 깊어지는 건 아니에요. 저는 중학교 동창들과도 종종 모임을 가졌는데, 이제는 그 모임에 나가지 않기로 마음먹었어요.

나: 그건 왜 그런가요?

그: 중학교 친구들과 20년 넘게 꾸준히 만나왔지만 이제는 예전처럼 순수하게 그냥 얼굴이 보고 싶어서 만나기보다

는 뭔가 이해관계를 따지더라고요. 서로 잘났다고 다투기도 하고 말이죠. 오랜 시간 만나오면서 서로에게 마음에 들지 않는 부분들이 점점 불어난 것 같아요. 서로 별로 만나고 싶지 않은데 이 모임에서 빠지는 게 무서워 의무적으로 만난다는 느낌을 많이 받았거든요. 시간이 지난 만큼 서로에 대해 신뢰하고 이해하려 노력하면 좋은데 말이에요.

나: 어렵네요. 그래도 친구가 없는 것보다는 많은 편이 낫지 않을까요?

그: 무턱대고 많다고 좋은 건 아니에요. 사람과의 관계를 유지하기 위해서는 어느 정도 시간을 투자해야 하는데 우리의 시간은 한정적이니까요. 별 의미 없이 많은 사람을 만나는 것보다는 정말 마음이 통하고 서로 위해 주는 그런 사람들과 오랜 시간을 함께하는 편이 더 나을 거예요. 저는 좋은 사람들과 더 많은 시간을 보내기 위해 저에게 해가 되는 사람들은 아예 만나지 않아요.

나: 해가 되는 사람이요? 어떤 사람들인가요?

그: 저는 예의가 없는 사람과는 아예 말도 섞지 않아요. 무례한 행동을 서슴지 않고 하는 사람을 보면 화가 날 정도죠.

나: 저도 그래요.

그: 매사에 부정적인 사람들과도 만나지 않아요. 그들은

늘 불평불만을 달고 살아가죠. 습관적으로 투덜거리는 버릇이 있어요. 부정적인 생각은 결국엔 부정적인 결과를 가지고 오거든요. 그리고 공감 능력이 부족한 사람과도 만나지 않아요. 그들과는 도저히 소통이 되지 않거든요. 그들과 대화를 하다 보면 제가 이상한 사람이 되더라고요.

그들은 아무렇지도 않게 남들에게 상처를 주고 자기만의 주장을 고집하죠. 그런 사람들과는 길게 이야기해 봐야 저에게 득이 될 건 없어요. 소중한 시간과 에너지만 허비할 뿐이에요. 그 소중한 시간과 에너지를 좋은사람들에게 쏟는 거예요. 좀 전의 제 친구 같은 사람에게 말이에요.

★ **그가 추천하는 친구에 관한 말**

진정한 친구는 별처럼 어두운 밤에 빛을 비춰주는 사람이다.
- 에디슨 -

친구는 우리 마음속에 하나의 은신처를 만들어 준다.
- 헨리 데이비드 소로 -

친구는 어려울 때 손을 내미는 사람이다.
- 에스파냐 속담 -

외로움이 주는 자유,
홀로 떠나는 여행

그: 여행 좋아하세요?

나: 네. 그럼요. 여행을 싫어하는 사람도 있나요?

그: 그럼 혼자 여행을 떠나 본 적은 있어요?

나: 혼자라…… 혼자 여행을 떠나 본 적은 없어요. 혼자 여행을 간다는 상상조차 해본 적이 없어요. 좀 무섭기도 하고 왠지 쓸쓸하잖아요. 전 여럿이 함께 떠나는 여행이 좋아요.

그: 그렇군요. 여행을 좋아한다니 여행이 주는 즐거움은 잘 알고 있겠군요. 여행은 그 단어 자체만으로도 우리를 설레게 만들죠. 반복되는 일상에서 벗어나 새로운 장소에서 접하는 모든 것들이 우리를 행복하게 하죠.

나: 맞아요. 특히 저는 여행 전날이 가장 행복해요. 여행

가방에 짐을 쌀 때의 짜릿한 기분이 너무 좋아요. 얼마 전에도 친구와 함께 제주도 여행을 다녀왔는데 정말 좋았어요.

그: 그랬군요. 그럼, 다음번에는 혼자 여행을 한번 떠나 보는 건 어떤가요?

나: 음…… 좀 전에도 얘기했지만 혼자는 외로워서 싫어요.

그: 그 외로움을 즐기는 거예요.

나: 외로움을 즐긴다고요?

그: 그래요. 온전히 혼자가 되어 보는 거예요. 그 누구와의 의견 조율이 필요 없는 저만의 진정한 자유여행이죠. 저는 종종 혼자 여행을 가요. 완행열차를 타고 창밖을 바라보며 풍경을 조용히 음미하고 있으면 마음이 평화로워지는 걸 느껴요. 조용히 사색에 빠질 수도 있고 정말 낭만적이지 않아요?

나: 낭만적이긴 한데, 전 외로운 건 딱 질색이라서.......

그: 그건, 외로운 것은 좋지 않다고만 생각해서 그런 거예요. 외로움은 사람의 감성을 자극하죠. 그 감성은 생각을 자극하게 되고, 조용히 자신에 대해서 돌아 볼 수 있는 아주 좋은 시간이 되는 것이에요.

나: 외로움을 통해서 자신을 뒤돌아본다는 얘기 신가요?

그: 맞아요. 저는 1년에 한 번은 꼭 혼자서 여행을 떠나

죠. 가족여행은 가족여행만의 즐거움이 있고, 친구와의 여행은 다른 재미가 있듯이, 혼자 떠나는 여행은 또 다른 즐거움을 저에게 주거든요. 혼자일 때 가장 자유로울 수 있어요. 특히 글 쓰는 걸 좋아하는 저에게는 더없이 소중한 시간이지요. 혼자 여행하다 보면 예기치 않은 일들이 발생하기도 하는데, 그것을 혼자 해결하는 것 또한 저에게는 즐거움입니다. 자신을 한 단계 올라가게끔 하는 좋은 계기가 되지요.

★ **그가 추천하는 여행에 관한 말**

여행은 살아 있는 자의 가장 큰 기쁨 중 하나다.

– 아나톨 프랑스 –

여행은 목표지점이 아니라 여정 그 자체에서 의미를 찾는 것이다.

– T.S.엘리엇 –

여행은 새로운 세계를 만나고 새로운 나를 발견하는 여정이다.

– 알랭 드 보통 –

부의 품격,
착한 부자 되기

오늘은 회사 일이 늦게 끝나 평소보다 퇴근이 2시간이나 늦어졌다. 조금은 늦은 시간이지만 그를 찾아갔다. 그는 거실에서 책을 읽고 있었다.

나: 안녕하세요~ 선생님 독서 중이시네요.

그: 오늘은 퇴근이 좀 늦었네요. 잔업이 있었나 보군요.

나: 네. 안 해도 될 일을 자꾸 만드는 팀장 때문에 일이 늦게 끝났어요. 매번 이런 식의 일 처리로 인해 너무 스트레스 받아요. 정말 돈만 아니면 회사 관두고 싶어요.

그: 허허허. 다들 돈 때문에 쉽게 회사를 그만두지 못하는 게 현실이지요.

나: 선생님은 어떻게 이렇게 부자가 되셨나요?

그: 부자라……

나: 저는 정말 부자가 되고 싶어요. 돈 걱정 없이 한번 살아 보고 싶어요. 사고 싶은 물건이 있으면 늘 가격표부터 확인하는 제가 너무 싫어요. 항상 가성비를 따지고, 실용성을 따지고, 사고 싶은 물건을 사는 게 아닌, 돈에 맞추어 물건을 사는 현실이 싫어요. 돈이 많다면 이런 걱정은 안 해도 되잖아요.

나는 투덜거리며 그에게 이야기했다.

그: 부자가 되고 싶으세요?

나: 네, 정말 부자가 되고 싶습니다.

그: 그럼 착한 부자가 되겠다고 다짐하세요. 그럼 제가 부자가 되는 비법을 가르쳐 드리죠.

나: 네? 정말요? 정말 부자가 되는 방법을 가르쳐 주신다고요?

그: 그래요. 어서 착한 부자가 되겠다고 다짐 하세요.

나: 네. 착한 부자가 되겠습니다. 약속합니다.

그: 좋아요. 그럼, 비법을 가르쳐 드리죠. 부자가 되는 가장 쉬운 방법은 부자들을 따라 하는 거예요. 부자들이 어떤 생각을 가지고 살아가고, 어떤 행동들을 하는지 유심히 관찰한 후 그들을 따라 하기만 하면 됩니다.

나: 하지만, 선생님 제 주위에는 따라 할 만 한 부자가 없

어요.

그: 그건 걱정할 필요 없어요. 우리에겐 책이 있잖아요. 서점에 가면 부자들이 써 놓은 책들이 널렸습니다. 당신은 그들이 써놓은 책을 읽기만 하면 됩니다. 그리고 그들처럼 행동하면 되는 것이지요.

나: 하하하. 생각보다 간단한 방법이네요.

그: 간단하다면 간단하다고 할 수 있겠지만, 대부분의 사람들은 알면서 행동을 하지 않죠. 우선 부자들의 가장 큰 특징은 돈을 굉장히 사랑한다는 것이었어요. 그들은 돈을 굉장히 소중하게 여깁니다. 그렇게 돈에 대해 애정을 가지고 있기 때문에 그들에겐 늘 돈이 함께 하는 것이었죠.

또한 그들은 도전 정신이 강합니다. 어떤 상황에서든 안 되는 이유를 찾기보다는 그것을 해결 할 수 있는 방법을 찾는데 시간과 돈을 투자하지요. 시간과 돈을 투자해서 안 되는 일은 지구상에 없다고 합니다. 그리고 부자들은 독서를 게을리하지 않습니다. 하늘 아래 완전히 새로운 것은 없다는 것이죠. 부자들 또한 책을 통해 정보와 힌트를 얻습니다. 다른 사람의 경험을 자신의 것으로 만들어 다시 변형하여 더 나은 새로운 것을 만드는 능력이 뛰어납니다.

나: 부자들에겐 정말 배울 점이 많군요.

그: 맞아요. 저는 부자들이 책에서 말한 대로 하나하나

실행에 옮겼어요. 그랬더니 어느 순간 저도 부자가 되어 있더라고요. 돈이 인생에 전부는 아니지만, 굉장히 중요한 부분을 차지하는 건 사실이잖아요. 돈이 많으면 더 많은 것들을 접할 수도 있고, 그로 인해 더 많은 기회가 찾아옵니다.

그 기회가 다시 돈으로 바뀌는 선순환의 연속이지요. 그렇게 쌓인 돈의 일부는 사회의 취약계층을 위해 쓸 줄 안다면 착한 부자가 되는 것이죠.

나: 선생님, 저 반드시 착한 부자가 될 거예요.

★ **그가 추천하는 부에 관한 말**

돈으로 행복을 살 수 없다고 하지만, 가난은 분명히 불행을 가져온다.

- 알베르트 아인슈타인 -

부는 목표가 아니라, 자유를 살 수 있는 수단이다.

- 크리스 가일 -

부는 당신이 얼마나 많이 버는 것이 아니라, 얼마나 많이 유지하는가에 달려 있다.

- 로버트 키요사키 -

세상을 연결하는 SNS와 친해지기

오늘은 평소보다 일찍 눈이 떠졌다. 따스한 아침햇살에 저절로 잠에서 깬 것이다. 향기로운 커피를 마시며 어제 서점에서 구입한 책을 꺼내 독서를 시작했다. 올해 들어 벌써 일곱 번째의 책이다. 그를 만나고 나도 독서의 매력에 조금씩 빠져들고 있음을 느낀다. 오늘은 그가 또 어떤 이야기를 해줄지 설레인다.

그: 인스타그램 하세요?

나: 예전엔 열심히 했는데, 요즘은 거의 안 하고 있어요. 예전에 선생님이 책을 읽고 인스타그램에 올리면 독서가 재밌어진다고 해서 드문드문 올리는 게 다에요.

그: 그럼 페이스북은요?

나: 페이스북은 전혀 해본 적 없어요.

그: SNS를 거의 안 하시나 보네요.

나: 네. 저는 SNS 자체를 별로 좋아하지 않아요.

그: 왜죠?

나: 그냥 다들 허세 같아서 싫어요. 결국엔 다들 자기 자랑하는 공간이잖아요. 해외여행 가서 찍은 사진, 값비싼 음식들, 명품, 새로 바꾼 자동차들. 어떻게든 좀 더 멋진 사진을 찍어서 남들에게 보여주려고 하잖아요. 인생에 있어서 시간 낭비라는 생각이 들어요.

그: SNS에 대해 부정적이네요.

나: 네. 맞아요.

그: 저도 예전에는 그렇게 생각했는데, 막상 인스타그램을 시작해 보니 좋은 점도 많더군요. 가장 좋은 점은 그들이 올린 사진들을 보며 자연스럽게 주위 사람들의 안부를 알 수 있게 되는 거예요. 그렇게 되면 오랜만에 나간 동창 모임도 별로 어색하지가 않아요. 인스타그램을 통해 서로의 일상을 알고 있으니, 이야깃거리가 많아지더라고요. 그리고 새로운 친구들도 생기게 돼요. 일명 "인친"이라고 하지요.

나: 인친요?

그: 네. 인스타그램을 통해 알게 된 친구죠. 1년 전의 일이에요. 혼자 미국을 여행 하던 중에 생긴 일이에요. 세탁기

에서 빨래를 꺼내려고 허리를 숙이는데 허리에서 찌릿한 통증이 오면서 자리에 주저앉아 버렸어요. 일어서려 했지만 몸이 말을 듣질 않았어요. 이런 경우는 처음이라 어떻게 해야 할지 모르겠더군요. 한국이었다면 아내에게 전화를 하거나 119에 전화를 해서 도움을 요청했을 텐데, 미국이다 보니 아는 사람도 없고, 어떻게 해야 할지 막막하더군요. 그때 문득 생각난 게 인스타그램 이었어요.

인스타그램에 현재 저의 위치와 상황을 알리고 도움을 구하는 글을 썼어요. 순식간에 댓글들이 올라오기 시작했어요. 우선 움직일 수 없으니 911에 전화를 걸어 도움을 요청하라고 했어요. 댓글에는 디스크가 터진 것 같다는 사람들이 많았어요. 미국에 거주하고 계신 분은 제가 머물고 있는 레지던스 근처의 허리 치료 잘하는 병원도 추천해 주었어요. 저는 인친들이 시킨 대로 911에 전화하여 응급차를 타고 병원으로 갔죠. MRI를 찍었는데 정말 디스크가 터진 거예요.

나: 우와~ 인친들이 말한 그대로네요.

그: 네. 너무 신기했어요. 저는 허리 시술을 받고 병원에 입원하게 되었는데, 인친들의 위로 댓글을 너무 많이 받았어요.

나: 정말 고마웠겠네요.

그: 네. 정말 감동이었어요.

나: 인스타그램에 그런 따뜻함이 있는지는 몰랐어요.

그: 물론 SNS에 따뜻함만이 있지는 않아요. 가짜뉴스나, 지나치게 자기 과시적인 게시물들로 인해 상대적 박탈감을 주는 경우도 있지요. 하지만 그건 본인이 어떻게 활용하느냐에 따라 달라지는 것이죠. SNS는 소통할 수 있는 하나의 좋은 도구에요. 인스타그램은 하루 평균 1억 개 이상의 게시물이 올라오고 사용자 수가 20억 명이 넘어요.

나: 20억 명이요?

그: 네. 정말 어마어마한 숫자죠. 이런 세계적인 흐름을 인스턴트식품처럼 영양가 없는 것으로 취급하는 것보다는 잘 활용해서 자신에게 도움이 되게 하는 게 더 낫지 않을까요?

★ **그가 추천하는 소셜 미디어에 관한 말**

사람들을 연결하는 것은 가치 있는 일이다. 연결이 더 나은 세상을 만든다.

- 마크 저커버그 -

당신의 평판은 오프라인에서 구축되지만, 소셜 미디어에서 더욱 빠르게 확산된다.

- 제프 베조스 -

소셜 미디어는 단순한 광고의 수단이 아니라, 사람들과 대화하는 통로다.

- 세스 고딘 -

낯선 이에게 전하는
하루의 선물

그: 제가 대학생 때의 일이에요. 친구들과 학교 앞 식당에서 밥을 먹고 계산을 하려고 하는데 식당 점원이, 옆 테이블에서 식사하시던 분이 우리가 먹은 것을 계산하고 가셨다고 하는 거예요.

나: 아시는 분이 옆 테이블에서 식사를 하고 같이 계산을 하셨군요.

그: 아니요. 옆 테이블에는 전혀 모르는 사람이었어요.

나: 네? 모르는 사람이었다고요? 모르는 사람이 왜 선생님 일행의 밥값을 내주고 가셨을까요?

그: 저희도 어찌 된 영문인지 의아해하고 있는데, 점원이 저희에게 쪽지를 하나 건네주었어요. 쪽지에는 "공부하기 힘드시죠? 힘내세요."라는 짧은 메시지가 적혀 있었어요.

저희들 밥값을 내준 사람이 누군지 알 수 없었지만, 그분 덕분에 정말 기분 좋은 하루였어요. 그분의 '밥값 계산 사건'은 저희들의 술자리 단골 에피소드였어요. 꽤 오랜 시간 동안 그분의 이야기가 우리들의 입에 오르내렸죠. 그 이야기만 나오면 다들 행복한 미소가 저절로 지어졌죠.

나: 모르는 사람이 아무런 대가도 없이 밥값을 내주고 홀연히 사라지다니. 그분 좀 재미있으면서도 멋진 사람이네요.

그: 네. 정말 멋진 분이었죠. 그래서 그때 다짐했죠. 취업해서 돈을 벌게 되면 저도 그분처럼 모르는 사람들의 밥값을 한번 내주겠다고 말이죠.

나: 요즘처럼 삭막한 세상에 참 아름다운 이벤트인 것 같네요.

그: 흔히들 '공짜 점심은 없다.'라고 이야기하잖아요. 누군가가 당신에게 호의를 베풀 때는 그만한 이유가 있고 목적이 있다고요. 저는 공짜 점심도 있다는 걸 보여주고 싶었어요. 지금도 종종 옆 테이블의 식사값을 내주곤 홀연히 사라지곤 한답니다. 그들이 즐거워하며 작은 미소를 짓는 모습이 머릿속에 그려지면서 저도 행복해지거든요.

★ **그가 추천하는 호의에 관한 말**

자신의 호의로 다른 이의 삶을 밝혀주는 사람은 자신도 밝게 빛난다.

- 레오나르도 다 빈치 -

다른 사람에게 기쁨을 주는 사람은 기쁨을 얻는다.

- 헬렌 켈러 -

호의는 언어를 넘어 모든 사람에게 이해되는 유일한 언어이다.

- 마하트마 간디 -

감정을 연주하는 악기 배우기

오늘은 왠지 울적하다. 요즘 들어 이유 없이 울적해질 때가 있다.

그: 오늘은 표정이 좋지 않은 것 같은데 무슨 일 있어요?

나: 음…… 요즘 회사 일이 많아서 좀 지친 것 같아요.

그: 지친 것 같다고요? 잠시만 기다리세요.

그는 잠시 후 기타를 들고 나타났다. 그리고 능숙한 솜씨로 기타를 연주하기 시작했다. 경쾌하고 신나는 기타 소리에 나도 모르게 손뼉을 치고 있었다.

그: 어때요? 기분이 좀 좋아졌죠?

나: 네. 좀 전보다 기분이 훨씬 좋아졌어요. 기타는 또 언제 배우신 거예요?

그: 몇 년 전의 일이에요. 진행 중인 프로젝트가 너무 복잡하게 꼬여서 도대체 어떻게 풀어야 할지 해답을 못 찾고 있었죠. 답답한 마음에 탁 트인 바다가 보고 싶더라고요. 혼자 바닷가 백사장을 걷고 있는데 저 멀리서 자그마한 노랫소리가 들려오는 거예요. 저는 무언가에 홀린 사람처럼 음악 소리가 나는 곳으로 향했죠. 50대 중반으로 보이는 남자가 기타를 치며 노래를 부르고 있었어요. 파도 소리와 기타 소리가 절묘하게 조화를 이루면서 노래를 부르는 그 중년의 남성이 정말 더욱 멋져 보였어요. 어느샌가 저도 모르게 다른 관객들과 함께 손뼉을 치고 있더라고요. 마음이 절로 즐거워지더군요.

나: 그래서 기타를 배우기로 결심하셨군요.

그: 맞아요. 즉시 기타를 구입하고 유튜브를 보면서 연습을 했죠. 그런데 보기에는 쉬워 보이는데 제대로 된 소리를 내는 것은 어렵더군요. 손가락이 제대로 기타 줄을 눌러 주지 않으면 이상한 소리가 나거든요. 혼자서는 도저히 안 되겠다 싶어서 음악 학원을 등록 했어요. 그곳에서 차근차근 체계적으로 기타를 배우게 된 거죠. 선생님이 저의 문제점을 하나씩 고쳐주시며 요령을 가르쳐 주셨어요. 그리고 멋진 말도 해주셨죠. 악기는 즐거울 락(樂)에 그릇 기(器)라는 한자를 쓴다고요. 말 그대로 즐거움을 담는 그릇이라는 거

죠. 왜 진작 학원을 오지 않았을까 후회가 되더라고요.

나: 즐거움을 담는 그릇이라. 멋진 말이네요.

그: 양로원이나 보육원을 방문해 자원봉사를 하는 중간중간에 기타를 치며 노래를 불러주면 어르신과 아이들뿐만 아니라 자원봉사자들도 굉장히 좋아해 주시는데, 좋아하는 모습을 지켜보는 저도 덩달아 행복해집니다. 악기 하나 배워 보세요. 분명 어디엔가 쓰임이 있을 거예요.

★ **그가 추천하는 음악에 관한 말**

음악은 마음의 혼란을 정화하고, 생각을 자유롭게 한다.
- 루트비히 판 베토벤 -

악기는 인간의 영혼과 하나가 되는 순간을 만들어 준다.
- 레오나르도 다빈치 -

음악은 타격을 주지 않으면서 고통을 치유할 수 있다.
- 밥 말리 -

건강한 변화를 위한 내 몸 혁신하기

그: 운동 좋아하세요?

나: 아니요. 별로 좋아하지 않습니다. 제가 몸 쓰는 건 별로 좋아하지 않아서요.

그: 건강에는 별문제 없나요?

나: 네. 아직까지 특별히 몸에 이상은 없어요.

그: 다행이네요. 하지만 건강은 건강할 때 지켜야 해요. 한번 나빠진 건강은 다시 회복되기가 쉽지 않죠. 규칙적인 운동이 무엇보다 중요해요.

나: 사실 저도 운동이 중요하다는 생각은 항상 가지고 있는데, 회사에서 돌아오면 피곤하다는 핑계로 계속 미루고 있는 거죠. 그리고 '아직 젊은데 별일 있겠어.'라는 생각으로 자기 합리화를 하는 것 같아요.

그: 제가 꾸준한 독서를 통해 인생이 바뀌었다고 했던 말 기억나요?

나: 네. 그럼요. 기억나고 말고요.

그: 더 정확하게 말하면 독서를 통해 운동의 중요성을 알게 되었고 운동을 시작한 결과 인생이 확 달라지게 된 거예요.

나: 선생님, 무슨 말인지 좀 더 자세히 말씀해 주세요.

그: 10년 전의 저는 173cm의 키에 몸무게는 120kg이 넘는 거구였죠.

나: 선생님이 120kg이었다고요?

그: 네. 맞아요.

나: 지금의 선생님 모습에서는 도저히 믿기지 않네요.

그: 예전의 저는 불규칙한 식습관과 게으름으로 인해 혈압도 높았고, 당뇨도 심했었죠. 이 거대한 몸뚱아리를 지탱하는 허리와 무릎도 좋을 리가 없었죠. 그래서 조금만 움직여도 숨이 차고 쉽게 피곤해졌었죠.

나: 네. 결국 건강이 점점 안 좋아져서 운동을 시작한 거네요.

그: 음…… 반은 맞고 반은 아니에요. 사실 건강 때문에 운동을 시작한 건 아니에요. 혈압이 높고 당뇨도 있었지만, 일상생활이 불가능할 정도는 아니었거든요.

나: 그럼 무슨 계기로 운동을 시작하게 되셨어요?

그: 그게 말이죠…… 제가 읽고 있던 책에서 한 여성의 에피소드가 소개되었는데, 그녀도 저처럼 100kg이 넘는 거구였는데, 짝사랑하는 사람의 마음을 얻기 위해 그녀는 다이어트를 시작하게 되었어요.

꾸준한 운동과 식이요법으로 인해 엄청난 감량에 성공한 후 그녀는 남성들로부터 굉장히 많은 프로포즈를 받게 되고, 이에 자신감을 얻은 그녀는 직업을 모델로 바꾸게 되었고 몇 년 후, 세계적으로 유명한 모델이 된 스토리였어요.

나: 우와~ 100kg이 넘는 여자가 모델이 되다니 정말 놀랍네요.

그: 정말 놀라운 일이죠? 그래서 저도 다이어트를 결심하게 되었죠. 저도 그녀처럼 놀라운 변화가 일어나길 기대하면서 꾸준히 운동과 식이요법을 병행하였어요. 먹고 싶은 음식을 마음대로 먹지 못한다는 점이 많이 힘들었지만, 다이어트에 성공한 저의 모습이 어떻게 변할까를 생각하며 이겨냈어요. 그렇게 해서 2년 만에 50kg을 감량했어요.

나: 2년 만에 50kg요? 정말 독하게 하셨네요.

그: 매일 꾸준히 했어요. 조금씩 조금씩 몸이 변해 가는 게 신기하면서 재미있더군요.

우리 몸은 정말 정직하더라고요. 운동한 만큼 정확하게

몸무게를 줄여 주더군요. 다이어트에 성공하고 많은 변화가 있었는데 그중 가장 기적 같은 일은 시력이 좋아진 거예요. 예전에는 시력이 안 좋아서 안경을 쓰고 다녔었는데 지금은 안경을 쓰지 않고도 일상생활이 가능해졌어요. 그리고 안경을 벗으면서 새로운 사실을 알게 되었죠. 제 눈이 이렇게 컸었다는 사실을요. 그동안 살과 안경에 묻혀 있었던 거죠.

나: 우와~다이어트로 시력과 큰 눈을 얻으셨네요.

그: 그뿐만이 아니에요. 혈압도 정상 수치로 돌아왔고, 당뇨도 없어졌고, 체력도 눈에 띄게 좋아졌죠. 그렇다 보니 자존감도 자연스럽게 높아지게 되더라고요. 다이어트의 성공으로 또 다른 저로 다시 태어난 것이죠.

★ **그가 추천하는 건강에 관한 말**

건강은 왕관이지만, 아프지 않은 사람만이 그 왕관을 쓴다.

\- 조지 허버트 -

인간은 건강할 때는 수많은 소망을 가지지만, 건강을 잃으면 오직 하나의 소망만 남는다.

\- 볼테르 -

당신이 가진 가장 큰 재산은 건강이다.

\- 로버트 어윈 -

모른다고 당당히 인정하기

나: 오늘 오후에 거래처와 점심 약속이 있어서 저희 팀장님과 거래처 직원 두 명과 점심식사를 했어요. 처음에는 업무 위주로 대화를 하다가 나중에는 정치, 문화에 관한 이야기까지 하게 되었는데, 제가 모르는 단어와 내용들이 너무 많았어요.

그: 정치는 일반인들에게는 어려운 대화 주제이지요.

나: 네. 저는 뉴스에서 정치인들이 나오면 채널을 돌려버릴 정도로 정치에는 관심이 없는데 세 명이, 너무 활발하게 대화를 하더라고요. 대충 알아듣는 척 하며 고개를 끄덕이며 듣고 있는데, 저희 팀장님이 저에게 어떻게 생각하냐고 물으시길래 잘 모른다고 말하기엔 좀 부끄럽기도 하고, '제가 정치에 관해서도 이 정도는 알고 있다'라는 이미지를

주고 싶어서 어디에서 주워들은 것을 제 생각인 마냥 이야기했더니 팀장님이 어이없는 표정을 지으시더군요. 저의 무식이 탄로 날까 봐 어디 신문에 그런 내용이 있었다는 둥 거짓말까지 하게 되더라고요.

그: 아…… 좋지 않은 상황이었네요.

나: 네. 아직도 팀장님의 어이없는 표정이 생생하게 떠올라요. 너무 부끄러워서 지금도 견딜 수가 없어요.

그: 괜찮아요. 누구나 그런 경험이 있을 거예요. 사람들은 희한하게도 자신이 모르는 것에 대해 부끄러워하는 경향이 있어요. 전혀 부끄러운 일이 아닌데 말이죠. 사람마다 자신의 관심 분야가 다른 거잖아요. 특히 정치 같은 특수한 분야는 평소에 관심이 없는 사람의 경우 모르는 게 당연하지요.

나: 음…… 그 대화에 저도 함께 참여하고 싶다는 생각도 있었던 거 같아요. 뭔가 저도 한마디는 해야겠다는 일종의 사명감이랄까요.

그: 그런 사명감은 이제 버리는 게 좋아요. 모르면 그냥 모른다고 솔직하게 말하세요. 이해할 수 있게 말해 달라고 하세요. 모르면서 아는 척하는 것이 훨씬 부끄러운 일이에요. 대화에 끼고 싶어서 어설프게 아는 척하지는 마세요. 그저 들어주는 것만으로도 충분해요. 사람들은 자신의 이야기

를 잘 들어주는 사람을 좋아하니까요.

★ **그가 추천하는 무지에 관한 말**

알고 있다고 생각하는 것이야말로 진정한 무지이다.

- 라오쯔 -

우리는 모르는 것에 대해 두려워하지만, 진정한 두려움은 배우지 않는 데에 있다.

- 에픽테토스 -

모른다는 것을 인정하지 않는다면, 결코 새로 배울 수 없다.

- 리처드 파인만 -

현재 속에 숨겨진 보물찾기

지난주, 고등학교 동창 모임이 있어 오랜만에 친구들을 만났다. 한 친구는 본인이 기획한 프로젝트가 크게 히트하여 특별 진급을 했고, 또 다른 친구는 주식 투자를 해서 큰 돈을 벌었다며 자랑을 늘어놓았다. 새 차를 구입한 친구, 여자친구 자랑, 모두 본인들 자랑하기에 바빴다. 학창 시절 나보다 공부도 못했던 애들이 나보다 잘나간다는 사실에 배가 아팠다. 그들보다 뒤처지고 있다는 사실에 화가 났다.

나: 선생님, 고등학교 때 저보다 공부를 열심히 하지 않은 친구들이 저보다 더 잘나가는 것이 너무 배가 아파요.

그: 남도 아니고 친구들이 잘되면 좋은 일 아닌가요?

나: 저도 이런 저 자신이 너무 한심스러워요. 친구들이

잘되는 것을 시샘하는 제가 너무 못나 보여요. 아마도 제가 너무 가진 것이 없어서 친구들을 축하해주지 못하는 것 같아요. 만약 제가 돈이 많고, 좋은 차가 있고, 예쁜 여자친구도 있다면 그들을 그렇게 시샘하진 않을 것 같아요.

그: 지금 본인이 불행하다고 느끼나요?

나: 솔직히 그렇게 행복하진 않은 것 같아요.

그: 그럼 어떻게 하면 행복할 것 같아요?

나: 우선, 돈이 많으면 행복할 것 같아요. 돈이 많으면 좋은 차도 살 수 있고, 좋은 곳을 여행할 수도 있고, 맛있는 음식도 마음껏 먹을 수 있고, 그리고 돈이 많으면 여자들에게 인기도 많잖아요.

그: 음…… 돈이 얼마 정도 있으면 행복할까요?

나: 글쎄요. 10억 아니 한 20억 정도? 많으면 많을수록 좋을 것 같아요.

그: 그럼 대기업 총수들은 모두 행복하겠네요? 우리가 상상도 못 할 만큼의 돈을 가지고 있으니까요. 하지만 뉴스에 가끔 등장하는 그들의 모습을 보면 어떤가요? 그들의 모습에서 행복을 찾을 수 있던가요?

나: 그들도 썩 행복해 보이진 않았던 것 같아요.

그: 그렇죠? 돈이 많다고 무조건 행복이 따라 오는 건 아니라는 거예요.

나: 그럼 어떻게 해야 행복해집니까?

그: 정답은 의외로 간단해요. 지금 가진 것에 감사하면 됩니다. 행복은 감사하는 마음이 있으면 따라옵니다.

나: 하지만 선생님 저는 정말 너무 가진 것이 없습니다.

그: 정말 가진 것이 없을까요? 불의의 사고로 두 다리를 잃은 분이 버스를 타기 위해 뛰어가는 당신을 보면 어떤 생각이 들까요? 건강한 두 다리를 가진 것에 감사하세요. 취직이 되지 않아 지금도 도서관에서, 고시원에서 공부하고 있는 취업 준비생이 당신을 보면 얼마나 부러울까요? 매일 아침 눈을 떠서 어딘가로 출근할 수 있다는 사실에 감사하세요. 어릴 때 부모님을 모두 잃은 누군가는 부모님과 함께 사는 당신을 보면 어떤 생각을 할까요? 부모님이 살아 계시는 것에 감사하세요.

★ **그가 추천하는 감사에 관한 말**

감사는 예술과 같다. 우리의 삶을 사랑스럽고 의미 있게 채색한다.

- 조셉 애디슨 -

감사함을 느낄 때, 행복은 결코 멀지 않다.

- 리처드 칼슨 -

우리가 인생에서 받은 것에 감사할 때, 우리는 더 많은 기쁨을 발견하고 축복이 찾아온다.

- 알베르트 슈바이처 -

마음을 전하는 주파수,
라디오 사연 보내기

나: 선생님 뭐하고 계세요?

그: 오셨어요? 라디오에 사연을 보내고 있는 중이에요.

나: 라디오 사연요? 그런 것도 하세요?

그: 네. 좋아하는 라디오 프로그램에 제 사연을 보내는 거죠.

나: 저는 TV는 봐도 라디오는 거의 듣지 않아요. 라디오는 중간중간 광고가 너무 자주 나와서 싫어요. 내용이 좀 재미있어지려고 하면 광고가 나오잖아요.

그: 광고가 자주 나온다는 말은 저도 충분히 공감해요. 저도 라디오를 좋아하게 된 지는 그리 오래되지 않았어요. 운전 중에 음악을 틀려고 하다가 라디오가 틀어졌는데, 그때 라디오 DJ의 목소리가 너무 활기차고 기분 좋은 목소리

라서 한번 들어볼까 하는 마음으로 시작한 게 지금은 라디오에 사연을 보낼 정도로 좋아하게 된 거예요.

나: 사연을 보낸다고 무조건 라디오에서 소개해 주는 건 아니지 않아요?

그: 맞아요. 제 사연이 채택되어야 라디오에서 소개해 주는데, 제가 보낸 사연이 DJ의 목소리를 통해 전파를 타고 흘러나올 때 짜릿함이 너무 좋아요. 제 사연을 들은 청취자들은 문자를 통해 실시간으로 답글을 보내주는데, 그걸 다시 DJ가 읽어줘요. 제 사연에 공감해 주고 응원해 주는 답글을 받으면 힘이 나고 기분도 좋아져요. 그리고 사연이 채택되면 외식상품권이나 선물을 집으로 보내준답니다.

나: 라디오가 소통의 기능도 있는 것 같네요.

그: 맞아요. 라디오의 최고 매력은 청취자와 함께 방송을 만들어 간다는 것이죠. 제가 들은 라디오 사연 중 기억에 남는 사연 하나 소개 해 줄게요. 30대 초반의 여성분 사연이에요. 그녀는 부모님이 일찍 돌아가셔서 서울에 있는 보육원에서 자랐고, 형제도 친인척도 없었어요. 이 험한 세상에 혼자 남겨진 것이죠. 그녀는 악착같이 공부해서 대학 생활 4년 동안 장학금을 받고 다녔고, 꽤 큰 회사에 취직을 했어요. 그러다 사업을 하는 지금의 남편을 만나게 되어 부산으로 시집을 오게 되었는데 남편의 사업이 점점 기울면서 조금씩

빚이 늘어나기 시작하더니 지금은 감당할 수 없을 정도의 빚을 가지고 있다고 했어요. 매달 은행 이자며, 사채이자 갚기에 빠듯한 인생이지만 언젠가 좋은 날이 올 것을 믿으며 하루하루 최선을 다해 남편과 살아가고 있다고 했어요. 그녀는 아기를 가지고 싶은데, 지금의 상황에는 아기를 가질 형편이 안 돼서, 나중에 상황이 좀 좋아지면 꼭 아기를 가지고 싶다고 하더군요. 그녀가 라디오에 사연을 보낸 이유는 자신이 라디오를 통해 많은 위안과 희망을 얻었고 자신의 사연을 통해서 누군가에게 위안을 주고 싶었다고 했어요.

나: 그렇게 힘든 상황에서도 절망하지 않고 살아가는 점과 다른 사람에게 위안을 주고 싶었다는 마음씨가 너무 고운 것 같아요.

그: 저도 그 사연을 듣고 한참을 울었죠. 그 사연이 방송에 소개된 후 라디오 게시판은 그녀를 응원하는 글들로 도배 되었어요. 진정으로 그녀를 응원하는 글들로 넘쳐났어요.

★ **그가 추천하는 격려에 관한 말**

한 사람을 격려하면, 그의 삶에 변화를 가져올 수 있다.
- 프레드릭 더글라스 -

우리는 모두 격려의 힘을 필요로 한다. 그것이 우리를 일어서게 한다.

- 조앤 롤링 -

어둠 속에서 빛을 찾는 것이 바로 격려다.

- 윈스턴 처칠 -

담배와 이별하기

나: 선생님도 담배를 피우시나요?

그: 예전엔 많이 피웠지만 지금은 끊은 상태에요.

나: 많이 피웠다면 하루에 어느 정도 피우셨어요?

그: 보통 하루에 2갑 정도 피웠어요. 많을 때는 3갑도 피웠죠.

나: 와~그렇게 많이 피시다가 어떻게 끊게 되신 거예요? 저도 마찬가지지만 제 주위에 담배 피우시는 분들 새해마다 금연하겠다고 다짐을 하지만 그 다짐은 그리 오래가지 못하더라고요.

그: 사실 저도 그랬어요. 해가 바뀔 때마다 금연해야지, 오늘까지만 피우고 내일부터는 절대 피우지 않을 거라고 다짐을 했는데 매번 실패했어요.

나: 선생님께서는 왠지 단번에 매몰차게 끊었을 것 같은데 아니었군요.

그: 그게…… 담배만은 예외였어요. 정말 쉽지가 않더군요. 마약보다 담배를 끊는 것이 더 힘들다고 주위에서 농담으로 한 말이 이해되었어요.

나: 저도 그 말에 충분히 동의합니다. 애초에 시작을 말았어야 했는데 그놈의 호기심 때문에……

그: 보통은 호기심에 시작을 하는 것 같아요. 그러다가 습관이 되어버리는 것이죠. 습관을 하루아침에 바꾸기란 여간해선 힘든 일이죠. 제가 좋은 방법을 알려 드릴 테니 한번 따라 해 보세요. 우선 하루아침에 끊겠다는 생각을 버려야 합니다. "이제부터 절대 담배를 피우지 않겠다." 라는 단호한 생각을 버려야 합니다.

나: 단호한 생각을 버려라? 그게 무슨 말인가요?

그: 자신에게 약간의 틈을 남겨 놓는 것이에요. 절대로 담배를 피우지 않겠다는 생각 때문에 담배가 더 피우고 싶어지는 것이에요. 며칠은 굳은 의지로 참지만, 그 의지는 시간이 지날수록 점점 약해지게 되고, 몸은 담배를 원하게 되죠. 결국은 참지 못하고 담배를 하나 입에 무는 순간 자괴감에 빠지게 됩니다. "역시 나란 인간은 안돼."라는 생각을 하며 내년에는 정말 금연 해야지라며 자기 위안을 삼습니다.

하지만 내년이라고 달라질까요? 악순환의 연속입니다.

나: 선생님 정말 그런 것 같아요. 그럼 어떻게 하면 될까요?

그: 조금씩 줄여나가는 것입니다. 담배가 피우고 싶을 때는 그냥 피우는 것입니다. 하지만 피우기 전에 가벼운 마음으로 "이번 한 번만 참아볼까? 조금 더 피우고 싶을 때 피우자,"라고 가볍게 다짐하면 오히려 담배 생각이 덜 나게 됩니다. 그런 식으로 서서히 줄여 나가다 보면 어느 순간 정말 담배 생각이 나지 않게 되더군요.

★ **그가 추천하는 담배에 관한 말**

나는 어린이들에게 좋은 모범을 보여야 하므로 담배를 피우지 말아야 한다고 생각한다.

- 월트 디즈니 -

담배는 오늘날 전 세계에서 가장 예방 가능한 사망의 원인이다.

- 그로 할렘 브룬틀란 -

나는 한때 흡연자였지만, 금연은 나의 가장 자랑스러운 성취 중 하나다. 우리는 담배의 유해성에 대해 더 많이 교육해야 한다.

- 버락 오바마 -

행복과 사랑을 담은
요리 만들기

오늘은 나의 생일이다. 오전에 부모님께 생일 축하 전화를 받은 것을 제외하곤 아무에게도 축하받지 못했다. 아~ 신용카드 회사랑 백화점에서 생일축하 문자를 받았구나. 참 우울한 생일이다. 게다가 오늘은 야근까지 있어서 몸이 녹초가 되었다. 집으로 돌아가 그냥 자려고 하다 그의 집으로 갔다. 그는 주방에서 요리를 하고 있었다.

나: 선생님 뭐 만드세요?

그: 오늘은 좀 늦었네요?

나: 네. 야근이 있었어요.

그: 피곤하겠네요. 좀 앉아서 쉬세요. 제가 맛있는 요리 해줄게요.

나: 선생님 요리도 할 줄 아세요?

그: 요리는 저의 즐거움 중에 하나에요.

양파를 손질하고, 당근을 자르고, 프라이팬에 기름을 두르는 손짓을 볼 때 한두 번 요리를 해본 솜씨가 아님을 알 수 있었다.

나: 귀찮지 않으세요? 재료를 준비하고 손질하고, 먹고 나면 설거지도 해야 하잖아요.

그: 저도 결혼 전에는 요리를 거의 하지 않았죠. 대부분 밖에서 사 먹거나, 인스턴트 식품으로 끼니를 해결했죠. 그땐 그게 현명한 것이라고 생각했어요. 밥 한 끼를 위해서 재료를 사러 가고 재료들을 손질해서 음식을 만들고, 다 먹고 난 후에는 설거지를 해야하는 시간이 너무 아까웠어요. 그 시간에 책을 한 줄이라도 더 읽는 것이 훨씬 효율적인 시간 사용이라고 생각했죠.

나: 저도 그렇게 생각해요.

그: 이런 제 생각이 바뀌게 된 결정적 계기는 강연회에 참석하고 나서였어요. 두 명의 강연자가 강연을 하였는데, 한 분은 잘못된 식습관으로 우리는 죽어가고 있다는 주제로 이야기를 했죠. 우리가 1년 동안 섭취하는 나트륨의 양과 설탕의 양을 보여주는데 정말 충격적이었어요.

두 번째 강연자는 요리는 사랑이라고 얘기해 줬어요. 정성이 담긴 요리는 따뜻한 마음이 들어 있다는 말이 가슴 깊이 와 닿았어요.

나: 생각해 보니 요리는 추억도 떠올리게 하는 것 같아요. 어쩌다 청국장을 먹게 되면 어린 시절 할머니가 만들어 주신 청국장이 떠오르거든요.

그: 맞아요. 오늘 제가 만들어 준 음식을 먹고 나면 또 하나의 좋은 추억이 담기게 되는 거죠. 자~ 이제 요리가 완성 되었습니다. 따뜻할 때 어서 드셔보세요. 그리고 생일 축하합니다.

나: 네? 선생님 제 생일은 어떻게 아셨어요?

그가 나의 생일을 알고 있는 것에 깜짝 놀랐다.

그: 카카오톡 알림에 뜨던데요. 하하하.

나: 아~ 그랬군요.

알게 된 지 얼마 되지도 않은 나를 위해 이런 음식을 만들어준 그에게 큰 감동을 받았다. 절대 잊지 못할 생일이다. 이 음식을 볼 때마다 그가 떠오를 것 같다.

★ **그가 추천하는 요리에 관한 말**

내가 가장 행복할 때는 요리할 때다. 주방은 나의 신성한 장소이다.

- 고든 램지 -

훌륭한 요리는 단순히 좋은 재료와 기술만으로 완성되지 않는다. 그것은 사랑과 열정으로 만들어진다.

- 줄리아 차일드 -

요리는 사람들을 모으는 힘을 가지고 있다. 언제나 그랬고 앞으로도 그럴 것이다.

- 마리오 바탈리 -

지혜를 안내하는 강연가 되기

그: 현재 본인이 생각하는 최고의 자기 계발은 무엇인가요?

나: 당연히 저는 독서라고 생각합니다. 선생님 덕분에 저도 이제 매일 독서를 하는 사람이 되었어요. 아무리 바쁘고 피곤해도 책을 읽어요. 출장을 갈 때도 책을 가지고 가게 되었죠.

그: 오~ 좋은 자세입니다. 꾸준한 독서를 실천하고 계시는군요. 그렇게 꾸준히 책을 읽다 보면 책을 쓰고 싶다는 생각이 들 때가 있을 거예요.

나: 제가 책을 쓴다고요? 상상조차 해본 적이 없어요.

그: 조금만 더 꾸준히 책을 읽다보면 반드시 "어? 이 정도 책은 나도 쓸 수 있겠는데?"라는 생각이 들 거예요. 그 생

각이 들 때 생각에만 그치지 말고 책을 써야 합니다. 물론 책을 읽는 것만으로도 좋은 자기 계발이지만 책을 쓰면 본인의 머릿속에 어지럽게 돌아다니는 생각들을 정리할 수 있어요. 컴퓨터의 디스크 조각 모음처럼요. 한 가지 주제를 책 한 권의 분량으로 글을 쏟아내기는 사실 쉬운 일은 아닙니다. 하지만 한 권의 분량을 채워 책을 만들면 본인에게도 더없이 기쁜 일이지만 그 책을 접하는 독자들에게도 도움이 되겠지요.

나: 그럼 선생님이 생각하는 최고의 자기 계발은 책 쓰기인 셈이네요?

그: 3년 전까지만 해도 그렇게 생각하고 있었는데 지금은 한 단계 더 진화되었어요.

나: 그게 도대체 뭔가요?

그: 바로 강연하기에요.

나: 강연요?

그: 네. 강연가가 되어 보기로 결심했어요. TV에 나와서 강연을 하시는 분들을 볼 때마다 가슴이 두근두근 거리더군요. 자신의 생각을 많은 사람들 앞에서 자신 있게 말하는 모습이 너무 멋있어 보였어요. 그래서 어떻게 하면 나도 강연을 할 수 있을까 고민을 했죠.

나: 우선 선생님이 졸업한 학교를 찾아가면 될 것 같은

데요? 선생님은 책을 출간한 경험이 있으니 그 정도 자격은 될 것 같아요.

그: 맞았어요. 저는 제가 졸업한 학교를 찾아가 졸업생임을 밝히고, 처절하게 가난했던 어린 시절을 잘 극복해서 현재에 이르기까지의 스토리를 들려주었어요. 학교 측에서는 흔쾌히 허락을 해주었고 저는 드디어 강당에 서게 되었어요. 수백 명의 학생들 시선이 모두 나를 향하는데 어찌나 긴장이 되던지.

나: 와~ 상상만 해도 다리가 후들거리네요.

그: 강당에 서기까지 집에서 수십 번 연습을 했기에 저의 첫 강연은 성공리에 마무리 되었어요. 강연이 끝나자, 학생들은 엄청난 환호와 박수를 보내 주었어요. 저의 말 한마디 한마디를 노트에 적는 학생, 동영상을 찍는 학생, 사인을 요청한 학생, 정말 행복한 순간이었어요.

★ **그가 추천하는 지식전달에 관한 말**

가르침은 누군가에게 전달할 수 있는 가장 고귀한 선물이다.
- 플라톤 -

우리는 가르침으로 배우고, 배움으로 가르친다.
- 세네카 -

훌륭한 교사는 지식을 전달하는 자가 아니라, 내면의 불꽃을 일깨우는 자다.

-칼 융-

서로의 별이 되는
팬클럽 가입하기

모처럼 만의 마음 편한 주말이다. 새로 맡은 프로젝트 때문에 주말에도 마음 편히 쉬지 못했는데 어제부로 마무리되어 가벼운 마음으로 그를 찾아갔다. 그는 소파에 앉아 TV를 보고 있었다.

나: 선생님도 TV를 보시네요?

그: 그럼요. 저도 TV 보죠.

나: 의외네요. 왠지 선생님은 TV는 안 볼 거라 생각했어요.

그: 왜 그렇게 생각했죠?

나: 선생님은 시간을 굉장히 소중히 여기시는 분이잖아요. TV를 보는 것은 시간을 낭비하는 일이라고 지금 읽고

있는 책에 나와 있었어요. TV만 안 봐도 인생에서 엄청난 시간을 버는 것이라고 하던걸요.

그: 음…… 맞는 말이긴 해요. 하지만 어떻게 전혀 보지 않고 살 수가 있겠어요. TV에 얼마나 재밌는 것들이 많은데요. 하하하. 아마 맹목적인 TV 시청을 경계하라는 말이겠지요. 뭐든지 과하면 문제가 되지만 적당한 TV 시청은 저에게 활력이 되는걸요. 제가 좋아하는 아이돌이 나오면 기분도 좋아지고 말이에요. 팬클럽도 가입했어요.

나: 네? 팬클럽요?

그: 아이돌 경연 프로그램을 즐겨 보는데 재미뿐만 아니라 감동도 있더군요. 어린 나이에 꿈을 가지고 도전한다는 것이 정말 대견스럽더군요. 데뷔하기 위해 힘든 연습생 생활을 묵묵히 견디며 실력을 키워 나가는 점이 감동적이었어요. 그래서 팬이 되기로 결심했고, 팬클럽도 가입을 했지요.

나: 저도 아이돌을 좋아하기는 하지만, 팬클럽을 가입할 생각은 안 해 봤어요.

그: 팬클럽에 가입한 지 얼마 안 되었는데, 가입하길 정말 잘했다는 생각이 들어요. 가장 좋은 점은 삶에 활력을 불어 넣어 주더군요. 누군가를 좋아하게 되면 에너지가 솟구치고 좋은 감정들이 생기잖아요. 그리고 공통된 관심사를 가지고 있는 사람들도 사귀게 되죠. 얼마 전 팬클럽 모임에

서 알게 된 아주머니가 있는데 팬클럽 활동을 하면서 우울증이 없어졌다고 하더라고요. 병원에서 간병일을 하시던 아주머니였는데 매일 아파하는 환자들을 돌보다 보니 웃을 일이 거의 없고 삶에 회의감이 들었는데 지금은 너무 행복하다고 하시더군요. 그들의 노래를 듣고, 그들이 광고하는 제품을 사고, 그들이 나오는 TV 방송을 챙겨보고, 그것만으로도 너무 행복하다고 하셨어요. 이런 게 진정한 소확행 아닐까요?

★ **그가 추천하는 작은 행복에 관한 말**

행복은 나의 소박한 인생에서 항상 존재한다.

- 헨리 데이비드 소로 -

행복은 우리 삶에서 작고 평범한 것에서 발견할 수 있다.

- 헬렌 켈러 -

행복한 사람은 사소한 일에도 기쁨을 느낀다.

- 레오 톨스토이 -

나만의 마음 안식처 찾기

그: 오늘은 날씨도 좋으니, 밖으로 한번 나가 볼까요?

웬일인지 오늘은 그가 밖으로 나가자고 했다.

나: 좋아요. 어디로 갈까요?

그: 오랜만에 제가 다녔던 초등학교를 한번 가보고 싶네요.

나: 초등학교는 갑자기 왜요?

그: 그곳에 가면 그때 그 시절의 기억들이 새록새록 살아나면서 저절로 힐링이 되거든요.

그와 이런저런 이야기를 하며 30여 분 걷다 보니 어느새 학교에 도착했다.

운동장이며, 건물이며 낯설지가 않다. 이곳은 내가 졸업한 초등학교다. 그와 내가 같은 초등학교를 다녔었다니.

나: 선생님, 저도 이 학교 졸업생이에요.

그: 네? 정말요? 세상 참 좁네요.

나: 그러게요. 정말 기막힌 인연이네요. 그런데 선생님 저희 학교 운동장이 원래 이렇게 작았었나요? 꽤 컸었던 걸로 기억되는데요?

그: 초등학교 졸업 후에 학교는 처음 와본 거예요?

나: 네. 처음이에요.

그: 저도 이곳에 처음 왔을 때 똑같은 느낌을 받았어요. 운동장이 꽤 커서 전교생과 학부모님들이 이곳에서 가을운동회를 했었는데 말이죠. 운동장이 작아진 게 아니라 제가 훌쩍 커버린 거였어요. 그 시절 꼬맹이의 눈이 아닌 어른의 시점으로 운동장을 바라보니 운동장이 작아진 것처럼 느껴진 거죠.

나: 아~ 저희가 커버린 거였군요. 선생님 저 지금 너무 신기해요. 초등학교 시절의 제 모습이 너무 선명하게 그려져요. 운동회 때 릴레이 대표로 나가서 넘어졌던 일, 미끄럼틀 옆에서 친구들과 땅따먹기 했던 일, 학교 마치고 집에 갈 때마다 문구점에 들러서 뽑기를 하고 불량식품을 사 먹었던 일들이 생생하게 기억이 나요. 그때는 참 순수했던 것 같아요. 돈이 없어도 공 하나만 있으면 친구들과 하루 종일 운동장에서 신나게 놀 수 있었는데 말이죠. 그때가 그립네요.

그: 그때로 돌아가고 싶으세요?

나: 네. 지금보다는 그때가 훨씬 좋았던 것 같아요. 순수하게 행복했던 그 시절로 돌아가고 싶네요. 선생님도 그때로 돌아가고 싶지 않으세요?

그: 저는 그 시절이 그립기는 하지만 그때로 돌아가고 싶지는 않아요. 저는 지금이 좋거든요. 그때로 돌아가고 싶다고 느끼는 것은 어쩌면 그때만큼 지금 재미있는 일이 없기 때문일 거예요. 일상에서 재미난 일들을 많이 만드세요.

★ **그가 추천하는 추억에 관한 말**

좋은 추억은 마음의 재산입니다. 그것은 행복의 씨앗입니다.

- 헬렌 켈러 -

추억은 가슴에 간직된 보석과도 같습니다. 시간이 흘러도 그 빛은 바래지 않습니다.

- 오스카 와일드 -

추억은 마음이 만들어내는 작은 영화와 같습니다.

- 루이스 캐럴 -

감정을 노래하는
시인이 되어보기

그: 어린 시절 제 꿈은 시인이었어요.

나: 초등학교 시절 말인가요?

그: 맞아요.

나: 보통은 대통령, 선생님 아니면 연예인이 되고 싶어 하지 않나요? 시인이 꿈이었다니 의외네요.

그: 그러게 말이에요. 좀 일반적이지 않은 꿈이긴 했죠. 남들보다 감수성에 조금 일찍 눈을 떴던 것 같아요. 은은한 시적인 표현이 좋았고 시를 읽으면 마음이 차분해지거든요. 틈나는 대로 시를 읽고, 시를 썼어요.

나: 지금도 시를 쓰고 계세요?

그: 네. 지금도 시상이 떠오를 때면 시를 쓴답니다. 어제 쓴 시인데 한 번 들어 보실래요?

사랑이란 말이야

사랑이 뭐냐고 물었지
곰곰이 생각해 봤어
사랑이 무언지 말이야

어떤 이는 같은 방향을
바라보는 거래
또 어떤 이는
서로 마주 보는 것이래

정답은 의외로 간단했어
사랑은 말이야
널 향한 내 마음이었어

눈물

너에게 이별을 통보받고
카페에서 뛰쳐나와
눈 내리는 거리를 무작정 걸었어

한참을 걷다가 뒤를 돌아봤어
혹시나 네가 있을까 해서
내리는 눈 사이로
외로움의 그림자가 보였어

눈에서 뜨거운 무언가 흘러내렸어
눈가에 맺힌 내 눈물인가
눈이 녹은 눈:물인가

★ **그가 추천하는 시인에 관한 말**

시인은 언어의 자연스러운 연금술사이다.
- 랄프 왈도 에머슨 -

시인은 고독 속에서 우주의 조각을 끌어내는 자이다.
- 호르헤 루이스 보르헤스 -

시는 인간의 영혼이 자유롭게 날아오를 수 있도록 해주는
가장 순수한 예술이다.
- 볼테르 -

가족이 주는
행복의 비밀 알기

나: 선생님, 저는 가족들 때문에 너무 힘들어요.

그: 가족 때문에 힘들다니요?

나: 네. 지금 저를 가장 힘들게 하는 사람이 부모님과 친누나에요. 남이면 안 보고 살면 그만인데 가족이니 그럴 수도 없고 힘듭니다.

그: 가족들이 뭘 그렇게 힘들게 하나요?

나: 제가 가족을 위해 지나치게 희생하는 느낌이에요. 부모님 두 분은 수입이 없는 상황이고 누나는 공무원 준비 중이라 제가 버는 돈으로 저희 네 가족이 생활을 하고 있어요. 부모님 용돈과 누나 학원비, 생활비, 각종 공과금을 내고 나면 제 수중에는 얼마 남지 않아요. 힘들게 한 달 동안 일해서 받은 보상이 허무하게 없어져 버리죠.

그: 실질적인 가장인 셈이네요. 그럼, 본인이 열심히 일해서 번 돈이 가족들 때문에 없어져서 힘들다고 느끼는 건가요?

나: 아닙니다. 저희 집 상황이 이렇다 보니 제가 가장의 역할을 해야 된다는 생각은 가지고 있어요. 문제는 가족들이 언제부턴가 저의 이런 희생을 당연하게 생각하는 것 같아요. 가족이라는 이유로 말이죠.

그: 원래 가까운 사이일수록 더욱 조심하고 신경을 써야 하는 법인데, 가족들이 본인의 희생을 당연히 여긴다면 마음이 상할 만하네요.

나: 이런 섭섭한 생각이 계속 쌓여서 결국엔 이틀 전에 폭발해 버렸어요. 부모님과 크게 다투고 지금까지 말 한마디 하지 않고 있어요.

그: 그렇게 부모님과 다투고 나니 마음이 후련한가요?

나: 아뇨. 마음이 불편하긴 한데 먼저 사과하고 싶지는 않아요.

그: 화가 단단히 나셨군요. 지금 부모님 심정은 어떨까요? 지금까지 키워준 부모님 은혜는 잊으셨나요? 혼자 여기까지 온 건 아니잖아요. 부모님의 뒷바라지가 없었다면 과연 명문대에 진학하고 대기업에 취업을 할 수가 있었을까요? 그 비싼 학비를 내주시면서 부모님이 한 번이라도 힘든

내색하시던가요?

나: 음……

그: 세상에 가족만큼 소중한 사람은 없어요. 본인에게 좋은 일이 생기면 진심으로 축하해 주고 나쁜 일에는 진심으로 걱정 해주는 사람은 가족뿐이라는 걸 명심하세요. 오늘 집으로 돌아가서 부모님의 얼굴을 자세히 한번 살펴보세요. 뭔가 크게 느끼는 것이 있을 거에요.

속상한 마음에 술을 마시고 밤늦게 집으로 돌아가니 아버지께서 소파에서 주무시고 계셨다. 문득 그의 말이 생각나 가까이 다가가 아버지의 얼굴을 자세히 들여다보았다.

이렇게 가까이서 아버지의 얼굴을 빤히 본 건 처음이었다. 아버지의 얼굴에서 나의 모습이 보였다. 눈가와 이마에 주름이 가득한 내가 누워있었다. 아버지도 처음부터 아버지는 아니었던 것이다.

나를 키우느라 이렇게 늙어버린 아버지의 모습을 보니 눈물이 왈칵 쏟아졌다.

그리고 다짐했다. 두 번 다시 부모님께 상처를 주지 않겠다고. 멋진 아들이 되어 잘 모시겠다고 말이다.

★ **그가 추천하는 가족에 관한 말**

가족은 우리가 넘어졌을 때 일으켜 세워 주는 사랑의 손길이다.

- 리차드 바흐 -

가족은 우리가 태어나 처음으로 사랑을 배우는 곳이다.

- 에드윈 마크햄 -

가족은 우리의 인생에서 가장 소중한 보물이다.

- 오스카 와일드 -

내 잘못
네 잘못 구분하기

나: 오늘 직장동료와 약간의 말다툼이 있었어요.

그: 함께 업무를 하다 보면 다툼이 있을 수도 있죠.

나: 제가 먼저 사과를 하긴 했는데 아무리 생각해도 이건 제가 사과 할 일이 아닌 것 같다는 생각이 들어요.

그: 본인의 잘못이 아니라고 생각했는데 왜 먼저 사과를 한 거죠?

나: 매일 회사에서 얼굴을 마주해야 되는 사람인데 불편한 관계가 되는 것이 싫었어요.

그: 그럼 다음번에 이런 일이 생겨도 먼저 사과할 건가요?

나: 음…… 글쎄요. 웬만하면 서로 얼굴 붉히지 않게끔 좋게 넘어 가는 것이 좋지 않을까요?

그: 그건 상대방에 대한 배려인가요? 본인을 위한 것인

가요?

나: 상대방에 대한 배려도 있지만 솔직히 저를 위해서 그런 것 같아요. 회사에 좋지 않은 이미지를 보여주고 싶지 않거든요.

그: 그건 상대방에게도 본인에게도 좋지 않은 방법이에요. 그 상대는 다음번에도 똑같은 행동을 할 거예요. 상대는 본인이 무엇을 잘못했는지 모르니까요. 그렇게 되면 그 사람에 대한 안 좋은 감정들이 점점 쌓이게 되겠죠. 그 사람은 나와 맞지 않는 사람이며 그 사람과는 될 수 있으면 부딪히지 않으려 하겠죠. 그러다가 어느 날 참지 못하는 순간이 올 것이구요.

나: 그럼 어떻게 하면 좋을까요?

그: 내 잘못과 상대방의 잘못을 명확히 구분하는 것이 중요해요. 누가 잘났고 누가 못났는지에 대한 논쟁이 아니에요. 상황을 정확히 받아들여 다음번에는 똑같은 일이 일어나지 않게끔 하는 것이 중요한 것이죠.

★ **그가 추천하는 옳고 그름에 관한 말**

나쁜 행동을 방관하는 것도 그 자체로 잘못이다.

- 마하트마 간디 -

오류를 피하려는 것이 오류를 낳는다.

- 윌리엄 제임스 -

용서는 쉽게 할 수 있지만, 잘못은 오래 기억된다.

- 셰익스피어 -

하루의 공복 실험

나: 선생님 어디 아프세요? 혈색이 안 좋아 보여요.

그: 혈색이 많이 안 좋나요?

나: 네. 오늘따라 목소리에도 힘이 없으시네요. 약이라도 좀 사 올까요?

그: 아닙니다. 그러실 필요 없어요. 오늘은 제가 1년에 한 번 씩 정기적으로 하는, 하루 동안 굶는 날이에요.

나: 하루동안 아무것도 안 먹는다고요? 왜요?

그: 일상생활에 대한 감사를 좀 더 느끼기 위해서라고 할까요.

나: 그게 무슨 말인지 모르겠어요. 자세히 좀 말씀해 주세요.

그: 처음 시작은 유니세프를 후원하면서부터였던 것 같아요. 예전에 말한 적이 있지만 저는 여러 단체들을 후원하

고 있어요.

나: 네. 기억나요. 초록우산, 굿네이버스, 세이브더칠드런 같은 단체를 후원하고 있다고 말씀하셨죠. 선생님 얘기를 듣고 저도 기부를 시작하게 되었고요.

그: 우주선을 타고 달을 탐사하는 시대에 살고 있지만, 아직도 많은 사람들이 극심한 가난에 허덕이고 있지요. 며칠 동안 아무것도 먹지 못해 굶주림에 고통 받고 있는 사람들도 많고요. 그들의 고통을 조금이나마 진심으로 느껴보고 싶었어요. 그래서 1년에 하루만이라도 굶어보는 날을 저 스스로 정한 거예요. 그리고 단식은 건강에도 도움이 된다는 거 아시죠? 몸의 염증 수치를 줄여줘서 만성질환을 예방해주고, 소화기관을 쉬게 해줌으로써 소화 불량에도 도움을 줍니다. 또한 단식은 심리적 자제력을 키우고 심리적 회복을 도와주기도 합니다.

나: 와~ 선생님 정말 대단하신 것 같아요. 저는 그렇게까지는 못할 것 같아요. 그렇게까지 하고 싶지도 않고요. 저는 한 끼만 굶어도 엄청 예민해지거든요.

그: 한번 해보세요. 24시간을 온전히 굶고 나면 세상을 보는 눈이 달라질 거예요. 우리의 일상이 얼마나 소중한지, 우리가 얼마나 많은 것을 누리고 있는지 깨닫게 된답니다.

★ **그가 추천하는 당연함에 관한 말**

당연하게 여겼던 것들이 사라질 때, 그 가치를 깨닫는다.

- 엘리자베스 퀴블러 로스 -

모든 것은 당연하지 않다. 감사할 수 있을 때 감사하라.

- 앨버트 슈바이처 -

우리가 무심코 지나치는 일상은 누군가에게 꿈이다.

- 조지 클룬 -

결혼은 서두를수록 행복과 멀어진다

나: 대학교 동기가 다음 달 결혼을 한다고 청첩장을 보내왔는데 축하하는 마음보다는 걱정이 앞서네요.

그: 동기라면 26살인가요?

나: 네 맞아요. 저랑 동갑인 친구에요.

그: 친구 결혼이 걱정이 되는 건 왜죠?

나: 그 친구가 아직 직장이 없는 상황에서 결혼을 한다는 것이 마음에 좀 걸려요.

그: 그럼 신부가 될 사람은 직장이 있나요?

나: 문제는 신부 쪽도 아직 직장이 없다는 것이에요. 편의점에서 아르바이트를 하며 공무원 시험을 준비 중이라고 들었어요.

그: 음…… 힘든 결혼생활이 되겠군요. 경제적인 부분이

해결되지 않고는 순탄한 결혼생활은 거의 불가능합니다. 친구분은 아직 나이도 어린데 왜 그렇게 결혼을 서두르나요?

나: 여자친구가 얼굴도 예쁘고 마음씨도 너무 착해서 다른 남자에게 빼앗길까 불안하데요. 너무 좋아서 하루라도 안 보면 미칠 것 같다고 했어요.

그: 교재 기간은 얼마나 되나요?

나: 6개월 정도밖에 안 된 것 같아요. 걱정되는 마음에 저도 친구를 말렸는데, "사랑하는데 뭐가 문제야." 라고 하더군요.

그: 이런. 콩깍지가 단단히 씌었네요. 결혼은 그렇게 감정적으로 하는 게 아닌데 말이죠. 인생에서 가장 중요한 결정을 그렇게 쉽게 하는 건 옳지 않아요. 결혼은 사랑만 가지고 하는 게 아니에요. 결혼은 현실이거든요. 우선 경제적인 부분은 무엇보다 중요해요. 당장 먹고 살아야 하잖아요. 매달 고정적으로 나가는 돈을 친구분이 감당할 수 있을까요? 지금까지 부모님이라는 울타리 안에 있다가 독립을 하게 되면 생각지도 못했던 지출들이 생기게 되죠. 관리비, 전기요금, 수도요금, 가스요금, 각종 공과금부터 해서 생활비도 만만치 않죠. 계절이 바뀌면 옷도 한 벌 장만해야 되고, 아프면 병원도 가야 하고, 눈만 뜨면 돈 나갈 일 투성이죠. 그러다 아기가 태어나면 기저귀, 분유 값도 무시할 수 없죠. 이

렇게 경제적으로 쪼들리는데 서로 사랑할 여유가 있을까요?

나: 선생님 듣기만 해도 숨이 막혀 오네요.

그: 젊었을 때는 외모에 혹하는 경우가 많아요. 하지만 막상 결혼해서 살아보면 외모가 주는 행복은 그리 오래가지 못해요. 그 콩깍지가 벗겨지는 순간 예전엔 미처 알지 못했던 그 사람의 단점들이 하나둘, 보이기 시작하면서 다툼이 늘어나죠. 외모보다는 그 사람이 어떤 사람인지를 잘 파악해야 되요. 가정에 대한 책임감은 있는지, 경제관념은 어떤지, 배려심이 있는지, 정직한 사람인지, 심각한 술버릇은 없는지 등을 잘 살펴야 해요.

나: 외모보다는 내면을 보라는 말씀인 거죠?

그: 조금 식상한 말이긴 하지만 맞아요. 그리고 배우자의 부모님과의 관계도 중요해요. 배우자의 부모님이 싫다면 그것도 결혼하기 전에 충분히 고려해 봐야 해요. 결혼은 당사자뿐만 아니라 가족과 가족 간의 결합이기 때문이에요.

나: 와~ 가족까지 신경 써야 하다니 결혼 정말 어렵네요.

그: 결혼은 서로 다른 환경에서 오랜 시간 다른 패턴으로 살아온 두 사람이 한 공간에서 사는 것이기 때문에 살면서 부딪히는 일이 많을 수밖에 없어요. 청소방식, 밥 먹는 습관, 잠자는 시간, 좋아하는 TV 프로그램까지 정말 사소한 것까

지 다른 경우가 너무 많죠. 하지만 그것을 일일이 서로에게 바뀌길 바라면 다툼이 끊이질 않아요. 너무 심각한 정도가 아니라면 그냥 상대방을 이해해 주려는 마음이 중요해요. 그냥 인정해 주는 마음이 중요합니다.

★ **그가 추천하는 결혼에 관한 말**

결혼 전에는 눈을 크게 뜨고, 결혼 후에는 반쯤 감아라.

- 벤자민 프랭클린 -

어떻게든 결혼하라. 좋은 아내를 얻으면 행복해질 것이고, 나쁜 아내를 얻으면 철학자가 될 것이다.

- 소크라테스 -

결혼은 자신의 권리를 반으로 줄이고 의무를 두 배로 늘리는 일이다.

- 아서 쇼펜하우어 -

이기적인 삶보다, 이타적인 삶

나: 제 오랜 친구 중에 굉장히 이기적인 녀석이 있습니다. 그 친구 때문에 피해를 본적이 한두 번이 아니에요.

그: 이기적인 사람은 주변 사람들을 힘들게 합니다. 그들은 모든 일에서 본인의 이익을 가장 우선시하죠.

나: 맞아요. 그 친구는 항상 본인이 최우선이에요. 약속 장소나 시간을 정할 때는 언제나 본인이 유리한 쪽으로 정해요.

그: 그런 사람은 곁에 두지 않는 것이 최선입니다. 그 사람은 절대 바뀌지 않고 바뀔 생각조차 하지 않을 거예요. 이기적인 사람들의 특징 중 하나가 남의 일에 별로 관심이 없다는 것이에요. 저는 심각하게 이야기하는데 듣는 둥 마는 둥 하다가 결국엔 본인이 하고 싶은 이야기만 하죠.

나: 맞아요. 선생님 제 친구가 딱 그런 스타일이에요.

그: 그리고 굉장히 뻔뻔한 성격을 가지고 있어요. 남의 호의를 당연한 일로 생각하면서 고맙다는 말과 미안하다는 말을 거의 하지 않죠. '친구니까 그 정도는 해줄 수 있는 것 아니야?' 라는 생각을 가지고 있어요.

나: 그러고 보니 그 친구에게 고맙다거나 미안하다는 이야기를 한 번도 들어 본 적이 없는 것 같아요. 그리고 부탁도 되게 자주 하는 편이에요. 거절을 잘하지 못하는 저를 이용하는 느낌이 들 때가 많아요. 저는 웬만해서는 남에게 부탁을 하지 않는 성격인데 그 친구는 아무렇지도 않게 부탁을 하는데 정말 화가 날 정도에요. 더 웃긴 건 제가 간단한 부탁이라도 하면 그 친구는 이런저런 핑계를 대며 제 부탁을 거절해요. 자기는 조금이라도 손해를 보기 싫은 거겠죠.

그: 그런 이기적인 친구를 왜 계속 만나요? 안 만나면 그뿐이잖아요.

나: 음…… 오래된 친구이기도 하고 언젠간 달라지겠지라는……

그: 제가 예전에 좋은 친구를 사귀라는 말 기억 나죠?

나: 네. 기억나요.

그: 지금 그 친구는 좋지 않은 친구에요. 알고 지낸 기간이 오래되었다고 좋은 친구가 절대 아니에요. 그런 배려심

없고 이기적인 친구는 멀리하는 것이 좋습니다.

이기적인 사람은 질투와 시기 또한 많아서 당신이 잘 되는 것을 별로 바라지 않을 거예요. 본인이 항상 최고여야 한다는 생각에 둘러싸여 있죠. 그런 친구를 만나는 건 자신의 귀중한 시간을 허비하는 것이고, 정신적 스트레스만 쌓여갈 거예요. 어쩌면 본인도 이기적으로 변해 버릴지도 모르죠. 그리고 확실한 건 그 친구는 절대로 변하지 않을 거라는 것이죠.

★ **그가 추천하는 이기심에 관한 말**

모든 사람의 이기심이 충족되면, 그 사회는 지속될 수 없다.
- 버트런드 러셀 -

이기심은 자신을 망치는 최단 경로이다.
- 에릭 호퍼 -

모든 이기심은 결국 고통을 초래한다.
- 존 스튜어트 밀 -

나를 사랑하는
작은 변화가 행운을 부른다

나: 선생님 저는 왜 이럴까요?

그: 네? 무슨 일 있어요?

나: 지난번 제가 기획한 기획안이 허술하다는 평가를 받아서 반려되었는데 이번에도 제 기획안이 통과 되지 못했어요. 한 달 동안 정말 열심히 준비했는데 말이죠. 한 달 동안의 노력이 또 헛된 노력이 되어버렸어요.

선배들의 기획안은 대부분 채택되어지는데, 부서에서 저만 뒤처지는 것 같아서 겁이 나요. 제가 너무 한심해 보이고 자존감도 많이 떨어졌어요.

그: 허허허. 별것도 아닌 일로 너무 자책을 하시네요.

나: 네? 별것도 아니라고요?

그: 본인에게 너무 엄격한 잣대를 가져다 놓고 평가 하는

것이 아닌지 한번 생각해 보세요. 입사한 지 이제 1년 정도밖에 되지 않았는데 자신의 기획안이 매번 통과 된다면 그게 더 이상하지 않을까요? 선배들은 과연 처음부터 그런 기획안을 생각해 낼 수 있었을까요? 선배들 또한 많은 시행착오를 겪었을 거예요. 처음부터 너무 잘하려는 마음 때문에 자신을 질책하면서 마음 졸이며 불안해하지 마세요. 자신에게 조금은 관대해질 필요가 있어요. "그럴 수도 있지."라는 마음을 가지면 조금은 편해질 거예요. 그리고 통과 되지 못한 기획안에 투자한 시간이 쓸데없는 시간은 아니라는 것이에요. 잘못된 점을 파악하고 분석해서 다음번에는 더 멋진 기획안을 만들 수 있잖아요.

나: 실패를 통해 배운다는 말씀이시죠?

그: 맞아요. 그리고 남들과 자신을 비교하지 마세요. 항상 높은 곳만 바라보지 마세요. 그럴수록 본인만 힘들어 지게 됩니다.

자신을 소중히 여기세요.

월급날에는 자신에게 작은 사치를 선물하세요.

자신에게 맛있는 음식을 대접하세요.

"한 달 동안 고생했어."라며 격려의 말을 해주세요.

당신은 지금 충분히 잘하고 있고 꽤 괜찮은 사람입니다.

자신의 가치는 자신이 매기는 겁니다.

★ **그가 추천하는 자기애에 관한 말**

당신이 해야 할 가장 중요한 일은 당신 자신을 존중하는 것이다.

- 마하트마 간디 -

당신 자신을 사랑하지 않으면 다른 사람도 당신을 사랑하지 못할 것이다.

- 엘리너 루즈벨트 -

자신을 사랑하는 순간, 당신은 자신을 더 나은 사람으로 만들 수 있는 힘을 얻는다.

- 찰리 채플린 -

지구 한 바퀴 돌고 오기

어젯밤 꿈자리가 뒤숭숭하다. 정확히 기억은 나지 않지만 좋지 않은 꿈을 꾼 것 같다. 불안한 마음에 그를 찾아갔다. 그는 여행 가방에 짐을 싸고 있었다.

나: 선생님 여행 가세요?

그: 때마침 잘 오셨어요. 혹시 얼굴도 못 보고 떠날까 봐 걱정했는데 다행이네요.

나: 떠나다니요? 무슨 말씀이세요?

그: 오랫동안 꿈꿔왔던 세계 일주를 떠납니다.

나: 네? 세계 일주요?

그: 네. 각 나라의 다양한 문화를 직접 경험하고 싶었거든요. 사랑하는 아내와 딸을 데리고 세계 일주를 하는 계획

을 오래전부터 세우고 있었어요.

나: 정말 대단하다는 말밖에는 나오지가 않네요. 그럼 언제 돌아오세요?

그: 글쎄요. 언제 돌아올지는 몰라요. 1년이 될지 2년이 될지.

나: 아…… 그렇군요. 그동안 선생님과 정이 많이 들었는데 이렇게 헤어질 생각을 하니 많이 섭섭하네요. 아직 선생님에게 듣고 싶은 이야기와 배울 것이 너무 많은데 말이에요.

그: 너무 섭섭해하지 말아요. 만남이 있으면 헤어짐이 있는 것이죠. 건강히 잘 있으세요.

그렇게 그와 작별의 인사를 하고 우리는 헤어졌다.

인생 자체를 즐기면서 자신의 삶에 대한 방향성이 뚜렷한 그가 부러웠다.

publisher

instagram

이렇게 살다 죽고 싶진 않아

초판발행 2024년 11월 25일
지은이 박상호
펴낸이 최대석 **펴낸곳** 행복우물 **출판등록** 307-2007-14호
등록일 2006년 10월 27일
주소 a1. 서울특별시 종로구 종로1길 50 더케이트윈타워 B동 위워크 2층
a2. 경기도 가평군 경반안로 115
전화 031-581-0491 **팩스** 031-581-0492
전자우편 book@happypress.co.kr
정가 16,000원 **ISBN** 979-11-94192-10-7